TU SERAS MON PÈRE

DU MÊME AUTEUR

MON CHER JEAN... DE LA CIGALE À LA FRACTURE SOCIALE, essai, Zoé, 1997.

LE MYSTÈRE MACHIAVEL, essai, Zoé, 1999.

NIETZSCHE OU L'INSAISISSABLE CONSOLATION, essai, Zoé, 2000.

LA CHAMBRE DE VINCENT, récit, Zoé, 2002.

VICTORIA-HALL, roman (prix du Premier Roman de Sablet), Pauvert, 2004 ; Babel n° 726.

DERNIÈRE LETTRE À THÉO, roman, Actes Sud, 2005.

L'IMPRÉVISIBLE, roman (prix des Auditeurs de la Radio suisse romande ; prix des lecteurs FNAC Côte d'Azur), Actes Sud, 2006 ; Babel n° 910.

LA PENSION MARGUERITE, roman (prix Lipp), Actes Sud, 2006 ; Babel n° 823.

LA FILLE DES LOUGANIS, roman (prix Version Femina Virgin Megastore ; prix de l'Office central des bibliothèques), Actes Sud, 2007 ; Babel n° 967.

LOIN DES BRAS, roman, Actes Sud, 2009 ; Babel n° 1068.

LE TURQUETTO, roman (prix Jean Giono, prix Page des Libraires, prix Alberto Benveniste, prix Casanova, prix Culture et Bibliothèques pour tous, Prix Richelieu de la Francophonie), Actes Sud/Leméac, 2011 ; Babel n° 1184.

PRINCE D'ORCHESTRE, roman, Actes Sud/Leméac, 2012 ; Babel n° 1253.

(Suite en fin d'ouvrage)

METIN ARDITI

TU SERAS MON PÈRE

roman

BERNARD GRASSET
PARIS

Photo de la bande : © Gettyimages

ISBN : 978-2-246-82931-7

À Gül

On ne peut pas transporter partout
avec soi le cadavre de son père.

Guillaume APOLLINAIRE

En Italie, durant les années soixante-dix, une organisation d'extrême gauche, les Brigades Rouges, a semé la terreur, faisant près de cent morts et des centaines de blessés.

Vérone

Juillet-septembre 1978

Vérone, Corso Cavour,
Résidence Barro, à l'office

Vendredi 7 juillet 1978

Rosa et l'enfant dînaient à la table du personnel, dans le tintamarre des éclats de voix et du choc des assiettes qui provenaient de la cuisine. Une réception aurait lieu le soir même, ou plutôt le lendemain : la représentation aux Arènes se terminait vers une heure du matin, et le temps pour chaque invité d'arriver, ils en seraient presque au lever du jour.

L'air faussement absent, Rosa observait le garçonnet du coin de l'œil. À la façon qu'il avait de chercher son regard, elle le sentait impatient de raconter sa journée.

— Tu sais ce qu'on a fait, avec papa ?

Elle fit celle qui n'avait pas entendu. Elle aimait bien bousculer l'un ou l'autre des membres de la famille, quitte, de temps en temps, à passer pour bougonne. Surtout avec Madame ! Celle-là... Une mécontente perpétuelle.

Rosa trouvait une dignité à ses postures de grincheuse. Chez les Barro, elle faisait partie des meubles, ou plutôt des murs, et même des murs porteurs. Elle n'allait pas se gêner pour chambrer un garçonnet de sept ans.

Il arrivait qu'elle force la note, un peu pour le plaisir de l'asticoter, beaucoup pour signifier à la famille que son amour pour cet enfant n'était pas servile, qu'il n'avait rien à voir avec sa fonction de gouvernante pour gosse de riche, que c'était un amour librement ressenti, sans réserve. Comme celui qu'elle portait au père du garçonnet. Elle l'avait élevé, lui aussi ! Elle avait des droits, dans cette famille, *Santa Madonna* !

Elle se tourna enfin vers Renato. Tout chez lui la faisait fondre. Ses cheveux blonds et ondulés… Ses yeux bleus très clairs… Ses traits… Et ce profil… On aurait dit l'ange de Santa Maria Matricolare. Chaque fois qu'elle passait devant la statue, elle se disait : « Mais ce n'est pas possible qu'il lui ressemble autant ! » L'enfant avait sa beauté, sa finesse… Son expression, aussi, ce même doute qui filtrait des yeux de l'ange, exactement la façon qu'avait l'enfant de s'accrocher à son regard, lorsqu'il redoutait de rater un mot… Comme s'il s'en remettait à elle pour toutes choses, de la même manière qu'avait l'ange de se tenir en retrait.

Elle reprit :

— Alors, tu me la racontes, ta journée ?

Elle avait attendu trop longtemps. Le nez sur son assiette de gnocchis, il ne réagit pas. Il n'avait pas mis ses contours d'oreille, bien sûr. Chaque fois une bataille. Et lorsque enfin il acceptait de les mettre, c'était pour les enlever dès qu'elle tournait le dos.

D'un geste du bras, elle attira son attention et répéta sa question, le regardant bien en face.

Le visage de l'enfant s'éclaira :

— D'abord, nous étions à l'atelier.

Son père, Francesco Barro, continuait d'utiliser les expressions de son propre père. Dans les années trente, il fabriquait ses glaces dans l'arrière-boutique de son bar, via Stella. C'était avant qu'il ne monte un véritable atelier, en banlieue, du côté de San Giovanni Lupatoto, et pour finir l'usine de Castel d'Azzano. Bâtie par étapes, celle-ci faisait désormais plus de huit mille mètres carrés.

— Et qu'as-tu vu, à l'atelier ?

— La *Coppa del Gran Zebrù*, répondit Renato, gonflé d'importance.

Chaque été, Francesco créait un produit *all'impulso*, une de ces petites glaces que l'on achète sur un coup de cœur et qu'il baptisait du nom d'un des sommets des Dolomites. Sa façon de marquer son attachement à ces pics qu'il avait tant aimés et escaladés.

— Mon papa a été tout en haut du Gran Zebrù. Et de la Marmolada, aussi. Tout en haut.

— Tu crois que je l'ai oublié ? C'est moi qui l'ai élevé, ton papa ! L'as-tu goûtée, au moins, la *Coppa del Gran Zebrù* ?

Renato hocha la tête plusieurs fois, les yeux écarquillés :

— Juste avant le tunnel.

C'était l'étape qui précédait la surgélation, là où la glace, déjà froide mais encore tendre, fondait dans la bouche et donnait tout son arôme. Une ruse de fabricant pour faire apprécier ses produits, lorsqu'il faisait visiter son usine à un acheteur important.

Rosa l'interrogea. Et la *Coppa* ? Est-ce qu'il en avait retenu la composition ? L'enfant la récita, jubilatoire :

— Au fond de la coupe, une viennoise ! Puis de la stracciatella, de la glace chocolat, et au-dessus, une crème de marrons !

— Et ?

— Et il m'a demandé : tu ne sens rien, dans la crème de marrons ? Et moi je lui ai dit que je voulais une deuxième glace, pour bien goûter, alors j'ai mangé la deuxième glace, plus lentement, surtout au début, là où il y a la crème de marrons…

— Et ?

— D'abord, je n'ai rien trouvé. Alors papa m'a dit : « Essaie de trouver l'arôme. » J'ai pris encore un peu de crème de marrons en bouche, je l'ai gardée sur la langue longtemps et je n'ai toujours rien trouvé. Alors papa a dit : « Cherche dans les parfums que tu connais. » Et là, j'ai senti qu'il avait mis un peu de vanille dans la crème de marrons, et je l'ai dit, il a beaucoup souri, et après il a dit : « Bravo ! La question était difficile. Il y a bien un soupçon de parfum vanille. »

C'était leur rituel : lorsque son père lui faisait goûter une glace, il l'interrogeait, comme à l'école, histoire de lui donner le goût de l'atelier, de développer, aussi, sa sensibilité aux arômes et aux secrets de leurs combinaisons. Dans de tels moments, le bonheur de Renato était à son comble, comme si toutes les raisons qui le rendaient heureux s'étaient donné rendez-vous : le plaisir de dévorer une glace bien tendre, la complicité avec son père, le sentiment de sécurité qu'il ressentait lorsqu'il se trouvait à l'atelier, là où son père était si respecté de ses ouvriers, si aimé d'eux, aussi, le plaisir d'avoir trouvé la bonne réponse et d'avoir perçu, à cet instant, dans le sourire de son père, une grande fierté.

— Et c'était bon, mon Tinetto ?

Elle ne l'appelait jamais Renato, ou Renatino, ou encore Tino, comme le faisaient ses parents, mais Tinetto, un double diminutif qui n'appartenait qu'à elle, et quelquefois Tinett, à la vénitienne.

Il hocha la tête avec vigueur, l'air ravi.

— Et ceux de l'atelier, ils étaient gentils avec toi ?

— Avec moi et avec papa.

Soudain, il prit un air pensif :

— Quand est-ce qu'on dit tu et quand est-ce qu'on dit vous ?

À l'atelier, certains ouvriers tutoyaient son père. Elle lui expliqua qu'ils étaient là depuis les années cinquante. Ils l'avaient connu en culottes courtes. Les plus âgés avaient même tutoyé Giuseppe, le père, qu'ils appelaient Peppino, ou même Peppìn, sans prononcer le « o » :

— Quand on se connaît depuis longtemps, on se tutoie. Quand on aime, on se tutoie.

C'était donc que les ouvriers aimaient son père... Et sa mère ? Pourquoi est-ce que Rosa lui disait vous ?

Elle n'avait connu sa mère qu'à ses fiançailles, c'était déjà une jeune femme, bientôt *una signora per bene*, une dame de la haute :

— Et puis, c'est ma patronne, c'est normal qu'elle me dise « tu » et moi « vous ».

Elle décida de changer de sujet. Qu'avaient-ils fait, après avoir quitté l'atelier ?

À nouveau, le visage du garçon s'éclaira :

— On a été prendre un sandwich au Barro Bar de la via Stella. Un sandwich é-norme !

Sans attendre que Rosa l'interroge, il en détailla le contenu. Bresaola et vezzena, un fromage des hauteurs du Trentin. Très toasté.

Elle sourit et se souvint. La via Stella... C'était là que Giuseppe Barro avait fabriqué ses premières glaces. À la mort de son père, Francesco avait racheté le fonds de commerce et l'avait aménagé en une sorte de lieu-mémoire, couvrant les murs de photos qui retraçaient l'aventure depuis ses débuts. Il s'y rendait souvent.

— Après le sandwich, papa m'a de nouveau raconté la photo où il est devant son premier camion, et après, j'ai mangé encore une glace ! ajouta Renato, l'air toujours triomphant. Une *Coppa del Babbo*.

De toutes les glaces d'Italie, c'était le produit le plus populaire, la *Coupe du Papa*, créée cinq ans plus tôt par Francesco, en hommage à son père.

— Et puis on a écouté une chanson de Mina.

Rosa connaissait leur rituel. Francesco mettait une pièce dans le juke-box du bar et reprenait à haute voix les succès de Mina, la chanteuse en vogue, de façon à ce que l'enfant les comprenne.

— Qu'avez-vous chanté aujourd'hui ?

— *E se domani*, dit Renato, l'air troublé. La chanson préférée de papa. Il l'aime plus que *La verità*, plus que *Parole, parole*…

— Tu me la chantes ? demanda Rosa.

D'une petite voix, le garçon s'exécuta, chantant très faux :

E se domani	*Et si demain*
io non potessi	*je ne pouvais pas*
rivedere te…	*te revoir…*

— Donc, tu as eu ton père pour toi tout seul durant toute la journée ?

L'enfant fit oui de la tête, plusieurs fois, l'air ravi.

— Antonio était avec vous ?

— Nous étions seuls. Quand nous avons quitté le bar, papa m'a ramené à la maison et il est reparti travailler, parce qu'il devait...

La sonnerie du téléphone fixé au mur de l'office interrompit le garçon. Rosa se leva et décrocha. C'était Gabriella, sa patronne, qui appelait du salon d'honneur des Arènes. Il était huit heures et demie, ses hôtes commençaient à arriver, et son mari n'était toujours pas là.

— Il a déposé le petit avant de repartir, dit Rosa.

Elle s'adressa à Renato :

— Papa t'a dit où il allait ?

L'enfant secoua la tête.

— Et Antonio ? demanda Gabriella.

C'était le garde du corps de son mari, un ami, du temps des *Alpini*.

Rosa ferma les yeux, liquéfiée.

— Tu ne sais pas où est Antonio ?

Rosa arriva à peine à souffler un petit « non » et Gabriella raccrocha sans prendre congé. Les mondanités mettaient son mari mal à l'aise, elle le savait. Mais ce soir, elle comptait sur lui. C'était la première de la saison, ils attendaient plus de cinquante invités, d'abord aux Arènes, puis à la maison. Il aurait pu faire un effort !

Rosa retourna s'asseoir face à l'enfant et vit qu'il avait les yeux fixés sur elle, l'air inquiet. Elle haussa les épaules, cherchant à le rassurer. Son père était sans doute retourné à la via Stella écouter les chansons de Mina. Ou alors, dit-elle en écarquillant les yeux, l'air farceur, peut-être qu'il avait oublié l'invitation. Mais c'était dit sans conviction et elle n'arriva pas à faire sourire l'enfant.

Pourquoi donc Antonio n'était-il pas avec eux ?

Elle tenta de le relancer sur l'épisode de la *Coppa del Gran Zabrù*, puis sur celui du sandwich, mais ce fut sans succès, et durant quelques instants, ils restèrent tous deux silencieux.

Le téléphone sonna à nouveau. Gabriella était au comble de l'énervement. Où se cachait son mari ?

Rosa n'eut pas le temps de répondre que Gabriella raccrochait. À l'instant, le téléphone sonnait à nouveau.

C'était la police. Est-ce qu'elle savait où se trouvait Mme Barro ?

Elle regarda l'enfant. Il semblait perdu.

Il fallait que le policier lui en dise plus. Il était arrivé quelque chose de grave ?

Federico Barro venait d'être kidnappé, via Stella, devant le Barro Bar.

Elle ressentit un vertige. Au même instant, des sirènes retentirent devant la maison et Renato se mit à hurler.

Résidence Barro

Vendredi 7 juillet

Toute la maison était sens dessus dessous. Pourquoi est-ce que Rosa avait dit : « Pas de *Carosello*[1] », l'air fâché ? se demandait Renato. Le *Carosello*, c'était chaque soir. À la fin, Rosa lançait toujours : « *E dopo il Carosello ?* », et après le *Carosello* ? Ils scandaient alors à l'unisson : « *Tutti a nanna* », tous au dodo, et il courait au lit. Mais ce soir, Rosa avait dit : « *Niente Carosello !* » Et quand il lui avait demandé pourquoi, elle avait dit : « *A nanna*, vite ! », d'un ton qui n'appelait pas d'autre question. Un instant plus tard, il s'était retrouvé dans son lit, avec Rosa dans l'autre petit lit, là où dormait quelquefois un camarade. « Et toi, tu ne dors pas dans ta chambre ? » Elle avait répondu que c'était Antonio qui allait l'occuper. « Tu

1. Émission quotidienne et très populaire, de 20 h 50 à 21 heures, qui mêlait spots publicitaires et dessins animés.

sais que c'est le meilleur ami de papa, n'est-ce pas ? » Bien sûr qu'il le savait. Antonio et son père étaient amis depuis qu'ils s'étaient connus chez les *Alpini*, la brigade de haute montagne. Désormais, Antonio était tout le temps avec son père. « Antonio a raccompagné papa pour son travail, alors il dort ici, parce qu'il habite très loin, tu sais, du côté de... » Renato n'avait rien compris. Qu'est-ce qu'elle racontait, Rosa ? Et pourquoi est-ce que sa mère avait annulé son dîner ? Elle aimait bien recevoir du monde à la maison... « Ta maman est très fatiguée, lui avait dit Rosa, les invités viendront un autre jour, peut-être demain. » Et papa ? « Papa viendra très vite de son travail, dans un jour ou deux. Il faut le laisser travailler, il gagne notre vie à tous, tu sais ? » Là où il est parti, est-ce qu'on lui fera du mal ? « Mais qu'est-ce que tu racontes comme sottises ! » avait dit Rosa.

*

Il se réveilla au milieu de la nuit, le pyjama mouillé, et se mit à hurler. Rosa se leva brusquement et alluma la lumière. Au même moment, Antonio entra précipitamment dans la chambre, une arme à la main.

— Ce n'est rien, dit Rosa, il a fait sur lui.

Elle caressa les cheveux de Renato, sortit un pyjama de l'armoire et l'habilla de propre :

— Va dans mon lit en attendant.

Elle retourna le matelas et changea le drap du dessous :

— Et maintenant, on va tous bien dormir.

Renato ne bougea pas.

Elle secoua lentement la tête, lèvres pincées, pour lui faire croire qu'elle hésitait :

— Pour cette nuit, bon, mais on ne va pas le répéter, d'accord ?

— D'accord, répéta Renato.

Dès qu'elle le rejoignit, il lui entoura le cou de ses bras et se colla à elle.

Dans la chambre de Renato

Vendredi 7 juillet

Renato se mit à gigoter, et le petit inconfort qu'il procura à Rosa lui arriva comme un baume. Cela faisait deux heures qu'elle n'osait pas bouger, de crainte de réveiller l'enfant. Elle réussit à se mettre sur le côté, l'embrassa sur le front et le serra contre sa poitrine.

Il ne fallait pas qu'elle perde espoir. Francesco était vivant. Pour sûr. On avait dû l'attacher à un lit. Dans une maison abandonnée. Ou alors dans un appartement, comme il y en avait des milliers, dans les nouveaux quartiers. Si on l'avait kidnappé, c'était pour l'argent. Pas pour des questions de travail. Personne ne traitait ses ouvriers avec autant de bienveillance que lui. *Nemmeno in sogno*, pas même en rêve. Aucun patron, dans toute l'Italie. De ça, elle était sûre. Ce n'étaient pas les Brigades Rouges. De simples gangsters, voilà tout. Du reste, devant le bar de la via Stella, il n'y avait pas eu de coups de feu. Des témoins l'avaient confirmé. Donc il était vivant.

Soudain, sa certitude s'évapora. Il se pouvait qu'il soit mort, déjà. S'il avait voulu se défendre, à un moment ou à un autre… Non. Elle ne le voyait pas lever la main. Il devait plutôt se demander pourquoi on l'avait choisi comme otage. Il l'avait dit cent fois à Antonio : « Pourquoi me choisiraient-ils ? Ce serait se faire hara-kiri. Ils auraient tous les ouvriers d'Italie sur le dos. » Mais il n'y avait pas que les Brigades… Et tous ces bandits de grand chemin qui montaient du sud ? Des affamés, eux aussi !

C'était un naïf, Francesco. Rosa le savait depuis toujours. Travailleur, enthousiaste, créatif, et tout. Mais naïf. Sa femme avait raison. « Tu te crois différent des autres patrons parce que tu prends un café avec tes ouvriers ? » Elle ne se gênait pas de lui dire son fait, même devant Rosa. Gabriella, c'était une Gavazzini jusqu'au bout des ongles. Des cyniques, elle le savait par Antonio. Dans les années trente, chaque fois que Mussolini passait par Vérone, il s'arrêtait chez eux.

Francesco n'était pas fait du même bois. Un tendre. Sans doute était-ce pour cela que Rosa l'aimait tant. Il était resté le même qu'au premier jour, quand, âgée de quatorze ans, elle était venue d'Udine. Il avait neuf mois, sa mère retournait à la via Stella aider son mari à tourner ses glaces, et ils avaient besoin de quelqu'un pour s'occuper de l'enfant.

À nouveau, Renato se mit à gigoter. Elle le serra contre elle et se souvint. Un jour qu'il avait deux ou trois ans, il s'était faufilé dans son lit, avait agrippé son sein gauche et s'était mis à le téter à travers sa chemise de nuit. Elle avait tenté de le déplacer, mais il s'était accroché à sa poitrine avec tant de force qu'elle l'avait laissé faire, surprise par le bonheur que lui procurait ce petit corps accroché au sien. Durant plusieurs semaines, Renato était venu chaque soir agripper son sein quelques instants avant de retourner dans son lit. Un soir, elle lui dit : « Demain, tu ne reviens pas, c'est compris ? » L'enfant ne dit pas un mot, ne revint plus la téter, et ils n'en reparlèrent jamais.

Lorsque à nouveau il se mit à gigoter, elle le fit glisser de côté, appuya sa tête contre sa poitrine, et ils restèrent ainsi longtemps, l'enfant profondément endormi et Rosa dans le souvenir.

Résidence Barro, à l'office

Samedi 8 juillet

Au petit déjeuner, personne ne parlait. « On ira voir maman tout à l'heure », avait dit Rosa, au moment où ils s'asseyaient. Après quoi, pas un mot. Renato aurait voulu demander : « Et papa, il est rentré du travail ? » Mais il n'osa pas les interroger. Il était arrivé quelque chose à son père, il le sentait.

La sonnerie de service retentit. Rosa se leva, porta l'écouteur à son oreille et raccrocha :

— Ta maman nous attend.

Renato la regarda, apeuré.

*

Vêtue d'une robe de chambre rouge vif, Gabriella était assise sur l'un des canapés du salon, le regard fixe devant elle, une cigarette à la main. Au moment où Renato, Rosa et Antonio pénétrèrent dans la pièce, elle fit comme s'ils n'étaient pas là, aspira une longue bouffée et expulsa la fumée avec nervosité :

— Asseyez-vous.

Ils prirent place, toujours muets. Gabriella se tourna vers son fils :

— Viens près de moi.

L'enfant s'approcha de sa mère et se tint debout, devant le canapé. Elle lui caressa les cheveux :

— Tu es un grand garçon, n'est-ce pas ?

L'enfant hocha la tête, les yeux dans ceux de sa mère.

— Tu sais que certains jours, la vie nous met devant des situations douloureuses ? Tu le sais, n'est-ce pas ?

— Des situations comme quoi ? demanda Renato.

Aucun exemple ne lui venait à l'esprit. Ce qu'elle savait, c'était qu'en ce moment, ils vivaient tous une situation difficile. Très, très difficile. Voilà. Des hommes méchants avaient enlevé son père. Bien sûr, il allait vite revenir à la maison, il ne fallait pas qu'il s'inquiète, mais enfin il fallait qu'il soit au courant, vu qu'il était grand maintenant.

Elle s'arrêta de parler.

— Ça veut dire quoi, enlevé ? demanda Renato.

Les yeux fixés sur les lèvres de sa mère, il attendit quelques secondes une réponse qui ne vint pas.

— Il reviendra très vite, dit Antonio, une histoire de quelques jours. *Te lo dico io*, c'est moi qui te le dis.

Pourquoi avait-on enlevé son père ? Il n'avait pas été gentil ?

— Ton père est l'homme le plus gentil de la Terre, dit Rosa.

Pour une fois, Gabriella était d'accord avec Rosa. C'était sa gentillesse qui avait rendu son mari aveugle. Il pensait être un patron « pas comme les autres »... Quelle naïveté !

— On va lui faire du mal ? demanda Renato.

— Sûrement pas, répondit Antonio.

Des gens méchants avaient enlevé son père pour de l'argent. Sa maman allait payer ce qu'ils demandaient et son père serait vite de retour.

Renato se tourna vers sa mère :

— Tu as assez d'argent ?

— Bien sûr, intervint Antonio. Quand ils nous diront combien ils veulent, ta maman leur donnera l'argent et ton papa rentrera à la maison.

Renato resta silencieux. Et s'ils avaient juste assez d'argent et qu'après il ne restait rien ? Dans l'un des contes que lui lisait Rosa, il y avait un enfant qui travaillait pour aider ses parents. Peut-être que lui aussi devrait se mettre à travailler... Mais comment ferait-il, avec ses oreilles qui n'entendaient pas bien ?

On frappa à la porte du salon. C'était Achille Gianotti, l'avocat de la famille.

— Vous nous laissez, maintenant, dit Gabriella.

Rosa prit Renato par la main, et ils retournèrent à l'office, suivis d'Antonio.

— Je vais appeler la Signora Daniela, dit Rosa lorsqu'ils se retrouvèrent autour de la table. On va voir si elle peut déjà venir demain te faire l'école.

Il la regarda, l'air inquiet :

— Elle coûte cher, la Signora Daniela ?

En plus, il ne l'aimait pas du tout. Elle se mettait des kilos de rouge à lèvres et lui parlait comme s'il était un bébé.

Résidence Barro, à l'office

Jeudi 13 juillet

Le matin, au moment où sa mère était venue à l'office, Renato s'était jeté dans ses bras : « Il vient, papa ? » Elle s'était énervée. Exactement comme Rosa, une demi-heure plus tôt, quand il lui avait posé la même question.

Son père ne reviendrait plus, il en était certain. Cette histoire d'enlèvement, c'était pour le préparer à la terrible nouvelle. Son père était mort. D'une minute à l'autre, Rosa le lui annoncerait. « Tu sais, mon Tinetto, maintenant que tu es un grand garçon, tu es capable de comprendre certaines choses. Ton papa est monté au ciel. » Mais elle ne disait rien. Les quelques fois où il avait insisté, Rosa et Antonio s'étaient mis à parler d'autre chose. Ou alors à se jeter des coups d'œil comme s'il n'était pas là.

Lorsque le téléphone sonnait, Rosa sursautait, décrochait, soufflait un « allô ? » comme si elle n'arrivait pas à parler, et disait presque toujours : « Madame Barro ne peut pas être dérangée. » Quelquefois elle notait un nom sur un bloc-notes, disait « Je transmets », détachait le papier et allait le porter.

Il s'ennuyait beaucoup. Les leçons avec la Signora Daniela avaient mal démarré. Le lundi, son premier jour, elle s'arrêtait de parler à intervalles fréquents, regardait Renato comme si elle le découvrait et fondait en larmes. Le lendemain, les intervalles s'espacèrent. Heureusement, le mercredi, elle ne pleurait presque plus.

Pendant le cours de géographie, alors qu'elle parlait de la Vénétie, Renato lui avait posé une batterie de questions : « Où il est, le Gran Zebrù, vous le savez ? Et le Piz Boè ? Et la Cima della Rosetta ? Et l'Altopiano del Bleggio ? Et le Gran Vernel ? » Elle lui avait marqué de son crayon des points sur une carte. « Mon papa les a tous grimpés. » Elle avait jeté un coup d'œil à Rosa, et il avait bien vu qu'elles étaient inquiètes.

La veille, après que la Signora Daniela fut partie, il avait demandé à Rosa de lui lire le conte qu'il aimait plus que tous les autres, celui intitulé *Il palazzo di gelato*, *Le Palais de crème glacée*, l'histoire d'un palais construit entièrement de glaces délicieuses, en pleine Piazza Maggiore, à Bologne, où le toit était en crème fouettée, la fumée de cheminée en barbe à papa et les tuiles faites de fruits confits. Les enfants qui dévoraient le palais avaient ensuite mal au ventre d'avoir trop mangé de glaces, jusqu'au jour où les médecins de la ville annoncèrent que dorénavant, aucun enfant n'aurait mal au ventre. Rosa n'avait pas voulu lui lire ce conte :

— Je te lis *La Planète aux arbres de Noël*, d'accord ?

S'il n'avait pas le droit d'écouter l'histoire du *Palais de crème glacée*, pas le droit d'aller à l'école, pas le droit de regarder le *Carosello*, c'était que son papa était mort. Ou alors qu'ils n'avaient pas l'argent pour qu'on le laisse revenir à la maison.

Résidence Barro, à l'office

Vendredi 14 juillet

— Et ainsi fut construite Rome…

Depuis que la Signora Daniela ne pleurait plus, elle parlait de manière théâtrale, comme lorsqu'on finit de raconter une fable et que l'on traîne sur les voyelles. *Et ainsiiiiii…* Renato la trouvait bête.

— C'est intéressant, l'histoire de Rome, intervint Rosa. Pas vrai, Tinetto ?

Il n'eut pas le temps de répondre car au même instant le téléphona sonna. Rosa alla décrocher, éloigna l'écouteur et s'adressa à Antonio, la voix tremblante :

— Va demander qui est au téléphone.

Antonio bondit de sa chaise et courut au salon, où deux techniciens de la police filtraient les appels.

Quelques instants plus tard, il retournait en trombe à l'office :

— C'est bien les Carabinieri.

Les Brigades avaient envoyé une photo de Francesco au journal *L'Arena*.

*

Le policier sortit une feuille de sa poche et la déplia devant Gabriella. On y voyait Francesco Barro assis sur un lit, avec entre les mains un exemplaire de *L'Arena* dont il montrait ostensiblement la première page, datée de l'avant-veille. Derrière lui, sur un grand panneau accroché au mur, on pouvait lire *Brigate Rosse*, en majuscules. Chacun des mots occupait une ligne entière, le premier au haut du panneau, le second tout le bas. Entre les deux, au centre, figurait une étoile à cinq branches entourée d'un cercle, le sigle que les Brigades avaient repris des Tupamaros, les révolutionnaires d'Amérique du Sud.

— Rien d'autre ? demanda Gabriella.

Le scénario était classique. Les Brigades revendiquaient leur acte et annonçaient que l'otage était vivant.

— Ils se manifesteront dans les jours à venir, par lettre ou appel téléphonique. Ce sera une demande de rançon, avec, à la clé, un protocole de remise des fonds qui leur donne le temps de fuir.

Un mois plus tard

Vérone, dans la vieille ville

Jeudi 17 août

Renato avait l'impression que le temps ne passait pas. Les deux messieurs du salon restaient collés à la centrale téléphonique, sa mère fumait dans sa chambre, et Rosa, Antonio et lui restaient à l'office.

À la fin juillet, Rosa avait annoncé à la Signora Daniela que « pour l'instant », ils allaient arrêter les cours. Elle avait répété « pour l'instant », en faisant une drôle de mimique, et Renato avait compris qu'elle voulait dire « sauf si la situation change », et il savait qu'elle pensait à son père qui était certainement mort.

À la mi-août, Gabriella les autorisa enfin à faire un tour en ville, à condition qu'ils ne s'éloignent pas du centre et se tiennent bien serrés, Rosa et Antonio entourant Renato.

Ce matin, ils longèrent Corso Cavour jusqu'au Vicolo Morette, la ruelle des Petites Maures, et poursuivirent par via Roma en direction de Piazza Brà. Ils s'apprêtaient à en faire le tour, pour ensuite boire un Coca au Caffè al Teatro, lorsque à la jonction de la via Roma et du Corso Porta Nuova, Renato s'écria :

— Regarde !

Devant le grand kiosque à journaux, au haut de la pile des *Corriere della Sera*, on pouvait lire, en première page, sur trois colonnes :

Caso Barro :
Mancati tre appuntamenti

Affaire Barro :
Trois rendez-vous manqués

Son père avait des rendez-vous ? Avec qui ? Et pourquoi étaient-ils manqués ? Sa mère n'avait pas assez d'argent, voilà pourquoi ! Et son père était mort.

Il chercha le regard de Rosa. Celle-ci se tourna vers Antonio, l'air angoissé :

— Il faut lui dire, tu ne crois pas ?

Son père était mort, ils le savaient et ils allaient le lui dire.

Rosa le prit dans ses bras. Son papa reviendrait bientôt. N'est-ce pas, Antonio, que son papa reviendra bientôt ? Mais puisque je te l'ai dit ! Il reviendra même très vite.

Au Caffè al Teatro, ils s'attablèrent à la terrasse et Antonio expliqua ce que voulait dire « rendez-vous manqué ». Au moment de mettre la main sur l'argent, les ravisseurs avaient eu peur d'être attrapés par la police et s'étaient enfuis.

— Alors ce sera chaque fois pareil, dit Renato. Et à la fin, il mourra.

Résidence Barro, au salon

Lundi 4 septembre

Tôt le matin, l'opération « Récupération » avait été lancée.

La veille, *L'Arena* avait reçu un courrier des brigadistes indiquant une cabane de berger située sur la commune de Ferrazze, à quelques kilomètres à l'est de la ville, du côté de San Martino Buon Albergo. Une fois les fonds récupérés, les ravisseurs indiqueraient le lieu de détention. Comme la séquestration durait depuis près de deux mois et que l'état de santé de Francesco s'était sans nul doute détérioré, il avait été convenu que la police déposerait la rançon sans surveillance. Les ravisseurs fileraient, bien sûr, mais il n'était pas dit qu'ils ne seraient pas capturés un jour ou l'autre. Il resterait à la police une chance de retrouver les ravisseurs par l'indiscrétion d'un indicateur ou une fanfaronnade. Il arrivait que l'un des ravisseurs ne résiste pas à la tentation de vanter son exploit.

Gabriella avait été avertie : dès que la police serait en présence de son mari, en espérant que tout se soit bien passé, ils devraient l'interroger en urgence pour récupérer le moindre indice qui pourrait les mettre sur la piste des ravisseurs. Un médecin examinerait son mari et déciderait d'une éventuelle hospitalisation. Ce n'était qu'ensuite qu'il pourrait appeler les siens.

Vers onze heures, le standard téléphonique de *L'Arena* recevait l'appel attendu. Une voix étouffée indiqua l'adresse d'un immeuble de banlieue. Une demi-heure plus tard, Francesco était libéré.

*

Barbu, chevelu, extraordinairement sale et à peine capable de faire deux pas, Francesco s'effondra dans les bras de Gabriella. Elle était seule à le recevoir. « Pour le reste de la maison, surtout pour votre fils, il serait préférable que votre mari se débarbouille d'abord », lui avait dit le médecin de la police.

Deux heures plus tard, il était rasé, lavé et habillé de frais.

— On y va ? demanda Gabriella.

Il tendit le bras pour qu'elle l'aide à se lever, prit appui sur son épaule et, une fois au salon, se laissa tomber sur un canapé. Une demi-minute plus tard, Renato arrivait en courant et se jetait dans ses bras. Ils restèrent une longue minute collés l'un à l'autre. Rosa avait recommandé à Renato de ne pas pleurer, « ça rendrait ton père encore plus triste ».

Lorsqu'ils se séparèrent, ce fut au tour de Rosa de serrer Francesco dans ses bras, puis celui d'Antonio.

— Ça suffit, dit Gabriella, mon mari doit se reposer. Vous le verrez demain matin.

Rosa prit Renato par la main. Mais l'enfant tira si fort qu'elle lâcha prise, et il courut se jeter dans les bras de son père.

Résidence Barro

Lundi 11 septembre

Francesco ne quittait pas le lit. Renato avait le droit de venir le voir, à condition qu'il respecte certaines règles. Au retour de l'école, il pouvait s'étendre près de lui, pour autant que le docteur Rè ne se trouve dans la chambre. Il avait ordre de ne pas lui poser les questions qu'il posait à Rosa : pourquoi est-ce que son père ne retournait pas à l'usine, maintenant qu'il était libéré ? Pourquoi est-ce que le docteur Rè venait le voir tous les jours, puisque la police avait dit qu'il n'était pas malade ? Est-ce qu'il leur restait assez d'argent pour vivre, maintenant qu'ils avaient payé les bandits ?

Ce lundi, à son retour de l'école, le garçon s'étendit au côté de son père, se tint tranquille durant une demi-heure, puis, n'y tenant plus, posa la question qui le hantait :

— Pourquoi es-tu si triste, maintenant que tu es libre ?

À cet instant, son père lui tournait le dos, et ne sachant pas s'il dormait, Renato avait chuchoté. Son père se retourna, glissa son doigt derrière l'oreille de l'enfant, et, constatant qu'il ne portait pas ses prothèses, le regarda bien en face :

— Je suis un poids pour vous, mon trésor. C'est pour ça que je suis triste.

Renato se serra contre son père :

— Tu viens t'asseoir au salon ?

— Maintenant ?

Renato hocha la tête.

— Il y a quelque chose de particulier ?

Renato hocha à nouveau la tête, saisit la main de son père et la tira vers lui aussi fort qu'il put.

— Comme tu es fort, mon Renato.

Le visage de l'enfant s'éclaira.

Au salon, il poussa son père en direction d'un canapé :

— Maintenant écoute.

Il se dirigea vers le tourne-disque et lança la platine. C'était le disque de Mina qu'il avait acheté avec Rosa après le déjeuner, celui que son père aimait écouter lorsqu'ils allaient à la via Stella :

E se domani	*Et si demain*
Io non potessi	*Je ne pouvais pas*
Rivedere te ?	*Te revoir ?*

Aussitôt qu'il eut lancé le disque, Renato courut s'étendre sur le canapé et posa la tête sur les genoux de son père. Lorsque la musique prit fin, il demanda :

— On la remet ?

Son père lui caressa la joue.

Renato alla relancer la platine, retourna s'étendre, et ils écoutèrent la chanson une dizaine de fois, jusqu'à l'heure du dîner.

Résidence Barro, à l'office

Samedi 16 septembre

— Pourquoi est-ce que papa est toujours triste ?

En robe de chambre et chaussettes, Francesco était entré dans la cuisine sans un bruit, prêt à se faire un café. À l'écoute de la question que son fils venait de poser à Rosa, il retint son souffle et se figea, soulagé que là où il se trouvait, il ne pouvait pas être vu d'eux.

Que lui répondre ? se demanda Rosa. Que son père ne pourrait jamais, au grand jamais, se remettre d'un tel séjour aux enfers ? Qu'il ne serait plus le même homme ?

— Tu me dis ? insista Renato.

Elle finit par répondre que son père était fatigué.

— Et un jour il sera reposé ?

— Bien sûr !

Le long silence de Rosa ne fait que confirmer la réalité, se dit Francesco.

Il était devenu une charge.

Résidence Barro, à l'office

Dimanche 17 septembre

Renato, Rosa et Antonio étaient en pleine partie de Monopoly lorsque Francesco apparut devant eux. Pour la première fois depuis son retour, il avait quitté son pyjama :

— Je vais faire un tour.

— Quelle belle idée ! s'exclama Rosa, debout d'un coup.

— Je peux venir ? demanda Renato.

Francesco le serra fort dans ses bras, l'éloigna de lui et chercha son regard :

— *Forza*, Renato !

Bizarre qu'il lui parle ainsi, se dit Rosa. *Forza*, c'était un mot d'encouragement pour sportif. À cet instant, l'expression n'avait pas sa place. Qu'avait-il voulu dire ?

Pourquoi Rosa a-t-elle soudain les yeux écarquillés ? se demanda Renato.

— Je t'accompagne ? proposa Antonio.

— Tout va bien, répondit Francesco. Merci beaucoup.

Il quitta la maison, prit à droite jusqu'à la via Armando Diaz et la parcourut jusqu'au pont de la Victoire.

Ni l'amour de Renato, ni la tendresse de Rosa, ni la force de Gabriella, ni l'amitié d'Antonio ne pouvaient changer quoi que ce soit. Il s'était cru un patron pas comme les autres. Il n'avait pas voulu voir les choses en face, et de cet aveuglement, il ressortait incapable à jamais d'offrir aux siens autre chose que l'image du malheur. La vie leur serait plus légère sans lui.

Les brigadistes avaient raison, il en était convaincu chaque jour davantage. Dans tout le pays, quelques individus gagnaient une montagne d'argent en faisant travailler des malheureux pour un croûton de pain, de pauvres bougres qui n'avaient pas de quoi vivre décemment.

Au fond, il n'avait été qu'un patron comme les autres.

Arrivé au pont, il fit une dizaine de pas en direction de l'autre rive, attendit d'être seul, enjamba la rambarde et sauta dans l'Adige.

Onze ans plus tard

Dans un imposant chalet à Crans-sur-Sierre

Samedi 2 septembre

À première vue, l'intérieur du chalet avait grande allure : pièces immenses, meubles marquetés, tableaux du XVIe vénitien… Tout y était. À y regarder de plus près, pourtant, l'éblouissement laissait place au malaise, comme si une villa palladienne avait été insérée à la va-vite dans un chalet rustique en y plaçant des meubles et des tableaux de valeur sans souci de rendre le lieu chaleureux. Le crépi qui recouvrait les murs était grossier, des fissures apparaissaient çà et là, et au milieu d'une immense salle à manger, une table avait été dressée sans élégance.

Bras croisés et regard hostile, Renato se tenait immobile devant une assiette de gnocchis à peine entamée.

— Tu ne manges rien, laissa tomber sa mère, l'air absent.

Ce qui frappait, chez elle comme chez le garçon, c'était l'arête du nez. Elle suivait l'inclinaison du front jusqu'à sa pointe dans une linéarité parfaite, et l'absence du petit creux habituel entre le bas du front et le haut de l'arête rappelait, par sa finesse, le profil des sculptures de l'Antiquité. Mère et fils avaient la même stature, le même port, la même beauté intimidante.

— Rosa les a faits pour toi, ajouta Gabriella.

Le garçon ne réagit pas. Le lendemain, sa mère retournait à Vérone refaire sa vie, lui s'apprêtait à passer une année dans un pensionnat lausannois, et ce n'était pas la veille de leur séparation qu'ils allaient commencer à s'entendre.

Il finit par chercher le regard de sa mère :

— Tu peux répéter ?

Elle soupira, l'air excédé :

— À quoi servent tes prothèses auditives, si tu ne les mets pas ? Je disais : Rosa les a faits pour toi.

Elle se mit à secouer la tête par petits gestes nerveux :

— Je ne comprends pas pourquoi tu ne veux pas les porter. À la maison, personne ne te voit.

Il haussa les épaules. Ils avaient eu cette discussion cent fois. S'il s'habituait au confort des prothèses chez lui, il se sentirait encore plus désemparé en ne les mettant pas lorsqu'il sortait. À l'école, il ne portait jamais les deux à la fois. C'était moins efficace mais plus discret. En s'asseyant au premier ou au deuxième rang, il s'en sortait. Et s'il y avait une circonstance dans laquelle il pouvait se permettre de ne pas les mettre, c'était bien au dîner avec sa mère.

— Et si on te voit avec, c'est la fin du monde ?

Gabriella tourna la tête en direction de la cuisine :

— Tu viens un instant ? Il ne mange rien, ce garçon !

Rosa apparut, les yeux rouges :

— Si Renato ne mange pas, Madame, c'est parce qu'il est triste.

Elle fondit en larmes et disparut.

À compter du lendemain, elle ne verrait le garçon qu'une fois chaque mort de pape. En tout cas pas avant fin novembre, à l'occasion du mariage de sa patronne. Sans compter que la perspective de se retrouver en tête à tête avec elle à Vérone la terrorisait.

— Tu seras très heureux à l'Institut Alderson, dit Gabriella.

Elle avait parlé d'un ton qui n'appelait aucune suite.

Il haussa les épaules. Qu'est-ce qu'elle en savait, s'il serait heureux ou pas ? Avait-elle jamais vécu en pensionnat ?

— C'est une nouvelle étape de ta vie, poursuivit Gabriella. L'occasion d'une expérience enrichissante. Autre chose que Crans !

Elle le regarda en silence durant quelques secondes. À ses mouvements de tête, on comprenait qu'elle n'en avait pas fini :

— Essaie de comprendre, pour l'amour du ciel !

Elle s'interrompit à nouveau, avant de lancer :

— Dix ans de montagne… Il est temps de tourner la page.

Tourner la page… Facile à dire ! Les mêmes questions lui revenaient depuis onze ans. Qui avait tué son père ? Les brigadistes qui l'avaient séquestré, ou lui-même, Renato, qui l'avait poussé au désespoir, en passant et repassant la chanson de Mina, un rappel du bonheur perdu à jamais ?

— À l'Institut Alderson, tu feras du théâtre, reprit Gabriella.

À Crans, à défaut de pouvoir offrir à ses élèves la palette culturelle d'une métropole, son école proposait une activité théâtrale intense. À son arrivée, les petites classes montaient une pièce intitulée *Le Carnaval des animaux*. Renato n'y avait qu'une seule réplique : « Et moi, qu'est-ce que je ferai ? » Le soir de la représentation, il avait posé la question avec un tel naturel que la salle avait éclaté de rire. L'un des personnages lui répondait : « Pfff ! Toi ? Tu feras la poule »… La réplique avait declenché d'autres rires, bienveillants, affectueux, et Renato en avait retiré un plaisir étrange, jamais éprouvé jusque-là.

Au fil des ans, le théâtre s'était imposé dans sa vie. Sur scène, sa crainte de mal entendre s'évanouissait. Chaque réplique était prévue, protocolée. Il n'y avait ni surprise ni angoisse. Deux ans plus tôt, à quelques mètres de lui, sa mère interrogeait le responsable des activités théâtrales :

— C'est étrange, vous ne trouvez pas, cet amour pour le théâtre, de la part d'un garçon si timide ?

— Je n'ai jamais vu un élève aussi doué, avait répondu le professeur. Il saisit ses personnages avec un naturel déconcertant.

Après un court silence, il avait ajouté : « Je ne crois pas qu'il soit timide. C'est autre chose. Il vit dans la solitude. J'ai le sentiment qu'il ne se sent à l'aise que plongé en elle. Cela l'écarte des autres élèves, bien sûr. J'imagine que c'est lié à son handicap. » Il s'était arrêté quelques instants, avant d'ajouter : « C'est un grand acteur. »

Sa mère s'était tournée vers lui, et, l'espace d'un instant, l'avait regardé avec surprise.

Le choix de l'Institut Alderson ne devait rien au hasard. Gabriella avait visité une dizaine d'internats. École Nouvelle de Paudex, Institut Schmidt à Lutry, Le Rosey à Rolle… Elle s'était chaque fois arrêtée aux mêmes questions. Quelle importance l'école accordait-elle aux activités théâtrales ? Où avaient lieu les représentations ? Étaient-elles publiques ? À qui la mise en scène était-elle confiée ? Combien de pièces l'école montait-elle chaque année ?

— À l'Institut Alderson, le responsable des activités théâtrales est un Italien. Il va te favoriser.

Ma mère tout craché, se dit Renato. « Je suis sûre que nous trouverons deux places au Robinson. » Au cinéma de Crans-sur-Sierre, chaque fin d'année, elle offrait un cadeau royal à la caissière. « Dimanche midi, nous aurons une bonne table au grill du Golf. » Le maître d'hôtel la connaissait. « On te trouvera un guide, même si c'est la pleine saison... »

Il l'imagina en train de glisser quelques billets dans la main du professeur de théâtre : « *Non ne parliamo più, vero ?* », « On n'en parle plus d'accord ? ». Il hésita à le lui dire, puis abandonna l'idée. Sa mère l'aurait pris pour un naïf, et sans doute aurait-elle eu raison.

Elle l'observa, buté devant son assiette de gnocchis. C'était facile, pour lui. À l'époque, il n'était qu'un enfant. Il n'avait pas vécu comme elle l'enfer de l'été 1978. L'annonce de l'enlèvement, les faux espoirs, les nuits blanches, le soulagement de voir son mari de retour, et pour finir, l'appel téléphonique de la police : « Vous êtes bien Madame Barro, l'épouse de Francesco Barro ? » Et cette évidence, qui lui revenait comme une gifle : elle n'avait pas réussi à retenir son mari. Il avait été libéré en bonne santé, tôt ou tard la vie allait retrouver son cours normal… Mais elle avait beau essayer de se convaincre que c'était lui et lui seul le responsable de sa mort, elle n'arrivait pas à chasser le sentiment d'avoir failli.

Le drame avait tenu en haleine l'Italie entière, plus encore après le suicide de son mari que durant sa captivité. Les unes des quotidiens et des magazines consacrées à l'affaire se comptaient par dizaines. « *Si è tolto la vita Francesco Barro* », avait titré le *Corriere della Sera*. « Francesco Barro s'est suicidé. » Intitulé « Une urgence nationale », l'éditorial concluait par ces mots : « Quand les Brigades ne tuent pas, elles tuent quand même. »

L'article en main, Gabriella avait demandé à l'abbé de Santa Maria Matricolare de considérer le suicide de son mari comme un assassinat. Il avait accepté. Il lui semblait juste que la population de la ville puisse venir faire son deuil. Le nom de Barro était associé à ce qu'on pouvait imaginer de plus familial : panettone, pandoro, marrons glacés, glaces, chewing-gum… Des produits du quotidien. Leur mascotte, Babbo Barro (le Père Barro), un petit moustachu coiffé d'une toque blanche, était connue de tous les enfants. Le *Carosello* racontait ses aventures en dessins animés. De la Lombardie à la Sicile, on trouvait des Barro Bars à chaque coin de rue. Refuser les honneurs religieux à Barro aurait été contraire à la mission unificatrice de l'Église. Et puis il y avait l'enfant. Tôt ou tard, il se serait révolté contre une Église ayant refusé les honneurs à son père.

Il l'aurait jugée insensible et tâtillonne, et il aurait eu raison.

Dans les semaines qui suivirent la mort de son mari, Gabriella décida de s'installer à Crans-sur-Sierre, comme l'avaient fait avant elle de nombreuses familles fortunées, victimes des Brigades Rouges ou qui tremblaient de l'être.

Onze ans plus tard, elle n'en pouvait plus, des trois rues clinquantes de Crans et de sa communauté d'Italiennes intarissables. Elle en avait fait le tour mille fois. Pour briser la monotonie, elle allait de temps à autre assister à une représentation d'opéra, à Lausanne ou à Genève, où les responsables la connaissaient et l'invitaient aux dîners d'après concert. Une fois par mois, c'était Vérone et la réunion des Amis de l'Arena. Pas question qu'on lui enlève ça aussi.

— Il est temps que l'on descende de l'alpage !

— J'aime l'alpage, dit Renato.

— Toi oui, moi non !

L'exil l'avait durcie. Elle chérissait Renato, elle le lui prouvait depuis onze longues années, à s'ennuyer à mourir dans une station de montagnards mal dégrossis et de vieux raseurs riches. Mais de là à se perdre en minauderies pour que son fils sente qu'elle l'aimait, pas question.

À la mort de son mari, elle avait trente-deux ans, et pendant les neuf années suivantes elle n'avait pratiquement pas fait l'amour. Quelques rares fois, lorsqu'elle descendait pour une nuit au Beau-Rivage de Genève, où elle avait connu un promoteur immobilier italophone amateur d'opéra, prétentieux et mauvais amant. Mieux que rien. Puis, enfin, elle s'était rapprochée d'Achille, l'avocat de son mari, qui avait repris la présidence de la société à la mort de Francesco. Lui-même avait perdu sa femme. Elle rentrait à Vérone l'épouser.

Il était temps de retrouver le monde civilisé.

À Lausanne, 5 place Saint-François, « Studio Josy – Danse de salon et Modern Jazz »

Samedi 2 septembre

Nu, couché sur le dos, l'homme esquissa un sourire :

— Tu ne veux vraiment pas que je reste ?

La jeune femme se mit à rire :

— Tout à l'heure, Signor Paolo, vous n'aviey pas la tête à faire l'amour. Et maintenant vous voudriey passey la nouie avec moi...

Cela faisait onze ans que Josy vivait en Suisse et son français était impeccable. Mais elle n'était pas parvenue à se débarrasser de son accent. De toute façon, passer pour vaudoise lui aurait été difficile, elle était noire. Et depuis qu'elle avait ouvert son studio, le plaisir de ses élèves à l'écouter parler avec l'accent américain était si manifeste qu'elle avait pris goût à forcer la note, en particulier face aux adolescents des internats qui l'engageaient pour leur cours de *street dance*. S'essayer à l'accent vaudois pour le mêler au hip-hop, c'était faire retomber le soufflé.

— Le Signor Paolo n'ey qu'un paresseux !

Cela arrivait par intervalles irréguliers. Soudain, Paolo décrochait, sans crier gare. Comme s'il voulait disparaître. Elle essayait de se rassurer, se disant que de telles absences étaient naturelles chez un intellectuel de sa stature, un homme qui avait un PhD, un doctorat ! Qui traduisait tout Nietzsche (elle disait : Nitchi). C'était normal qu'il ne puisse pas tout partager avec une petite *ballerina with very little in her head*...

Malgré tout, elle était inquiète :

— Signor Paolo ey préoccupey...

Elle s'assit sur l'homme à califourchon et se mit à lui embrasser le visage en ponctuant chaque mot d'un petit baiser :

— Mais où embrasser Signor Paolo qui aurait l'air plus jeune et plus beau sans cette barbe qui fait des kilomètres carrés ?

Elle aussi était nue, à l'exception d'un vieux t-shirt gris marqué *Columbia*. Petite de taille et fine de partout, elle bougeait avec une grâce de danseuse.

— Partey, Signor Paolo !

À nouveau, elle se mit à lui coller de petits baisers sur le visage :

— À l'âge canonique de quarante-quatre ans... avant... une... rentrée des classes... même le Signor Paolo... doit... dormir...

*

Une demi-heure plus tard, à sa descente du tram, place des Halles, à Lutry, il croisa une demi-douzaine de garçons et de filles de l'Institut.

— Monsieur Mantegazza ! Monsieur Mantegazza !

Il serra la main de chacun :

— Bonjour ! Bonjour ! À demain !

Les élèves éclatèrent de rire :

— Non ! À lundi !

Bien sûr. Dimanche, c'était le jour des nouveaux.

Ses retrouvailles avec les internes lui firent chaud au cœur. La veille de chaque rentrée scolaire, il éprouvait la même angoisse. Pourtant, il avait sa place, à l'Institut Alderson. Il en était même la coqueluche. À la fin de chaque trimestre, la représentation de la pièce qu'il mettait en scène était le point d'orgue dans la vie de l'Institut.

Plutôt que de rentrer chez lui, à la Grand Rue, il fit un détour par le quai Doret, s'assit sur l'un des bancs qui bordaient le lac et admira le paysage somptueux qui s'offrait à ses yeux : la rive française du lac, Thonon, Évian, Saint-Gingolph, et plus loin encore, le Grammont et les Jumelles.

Il vivait dans le plus bel endroit du monde. Ses élèves l'adulaient. Pour la représentation de Noël, il avait choisi une œuvre loufoque, *À chacun sa vérité*, de Pirandello. Ses élèves allaient adhérer à son choix, il en était certain. La pièce ferait un tabac.

Avec le temps, il s'était fait à l'idée d'enseigner dans une école de gosses de riches.

Tout irait bien.

Institut Alderson

Dimanche 3 septembre

Cela faisait douze ans que Bérengère Hugues avait repris l'Institut et qu'elle avait, mois après mois, année après année, retrouvé une dignité. Enfin elle était quelqu'un. Admirée. Reconnue. Crainte. À l'Institut, elle dominait son monde : petit personnel, professeurs, élèves… Chacun savait qui était qui. Pas comme lors de ses dernières années à Genève, lorsqu'elle devait raser les murs…

Sa grande joie, à chaque rentrée d'automne, était d'accueillir les parents des nouveaux élèves, souvent des grands de ce monde qui, à cet instant, n'en menaient pas large. Elle se sentait alors en confiance, du fait de sa position autant que du désarroi des parents à s'éloigner pour longtemps d'un fils ou d'une fille qui n'avait pas forcément mérité d'être placé en internat. Il en résultait un sentiment de culpabilité qui s'ajoutait à la tristesse de la séparation et plaçait Bérengère Hugues en situation d'autorité. Elle recevait avec emphase, certaine qu'à cet instant, elle, ancienne épouse de grand banquier, était du même rang qu'eux.

D'un geste décidé, elle poussa la porte qui séparait le Salon rose du Salon jaune, où une dizaine de parents attendaient d'être reçus :

— Chère Madame Barro !

Surprise par un accueil aussi intempestif, Gabriella eut à peine le temps de quitter son fauteuil pour recevoir l'accolade.

— Renato ! Enfin ! Ravie de te connaître !

Elle accompagna ces mots d'un sourire large qui dura peu, jeta un coup d'œil aux autres parents, lança : « J'arrive ! » et fit entrer Gabriella et son fils au Salon rose. La pièce, plus petite, avait ses murs couverts de livres rares, des traités de botanique, surtout, reliés de vieux cuir dans des tons rouges, écarlates ou cramoisis, qui créaient une atmosphère intime et savante.

À peine prirent-ils place qu'une jeune fille en tablier blanc sur robe noire leur servit des cafés.

— Dans cinq minutes vous prierez M. Mantegazza de nous rejoindre, lui dit Bérengère Hugues avant de se tourner vers Renato : Enfin te voici ! Mon Dieu comme tu ressembles à ta mère ! Quel magnifique garçon vous avez, chère Madame Barro.

Elle avait articulé ces mots à voix forte et Renato comprit : sa mère n'avait pas pu s'empêcher de révéler son handicap... Toute l'école le saurait. Il la regarda sans tendresse. Elle avait dû se dire : « Je le fais pour son bien. »

Bérengère Hugues se tourna à nouveau vers Renato :

— Je suis sûre qu'ensemble nous ferons des choses formidables.

Elle déroula son discours d'accueil avec une maîtrise de chaque instant. En confiant Renato à l'Institut, Gabriella accomplissait « un acte de courage et de confiance » en la capacité de son fils de devenir « quelqu'un ». La devise de l'Institut, *Tu deviendras*, incarnait cette ambition. Elle rappelait la responsabilité de chaque élève à répondre aux espoirs que ses parents mettaient en lui.

Les yeux sur la bibliothèque, Renato ne l'écoutait pas. Bérengère Hugues comprit que le garçon avait décroché et chercha son regard :

— Deux mots sur l'histoire de l'Institut, tu veux bien ?

Les souvenirs affluèrent. La famille Alderson qui cherchait un repreneur. Elle-même en plein désarroi. Son mari qui lui propose l'Institut comme « cadeau de rupture », l'occasion inespérée de quitter Genève avec ce qu'il lui restait de dignité. Durant les dernières années de leur mariage, elle avait fait preuve d'une abnégation qui confinait à la cécité. Les frasques amoureuses de son mari étaient connues de toute la ville, et aux rides qui entouraient sa bouche, on comprenait qu'elle avait beaucoup subi. Genève était petite, il fallait qu'elle s'éloigne. Mais de Londres, New York ou Milan, elle ne connaissait ni les codes ni la langue. Paris, peut-être... Et encore. Pour ne pas se faire moquer, il aurait fallu qu'elle ait un semblant de culture. Gérer un internat à soixante kilomètres de sa ville lui semblait une sortie élégante.

Au fil des ans, ses rapports aux élèves avaient apaisé ses blessures de femme bafouée. Pour la plupart, les cent vingt internes avaient peu de contacts avec leurs parents, et Bérengère Hugues aimait son rôle de marraine. La solitude qui avait été son lot durant ses dernières années de mariage l'avait préparée à recueillir les détresses d'enfants éloignés pour longtemps des leurs. Elle repérait vite un regard désemparé, quelques mots désabusés ou les stigmates d'une rupture amoureuse. Elle savait que derrière son dos, les élèves l'affublaient d'un « Tantine » un peu moqueur, mais elle s'en accommodait. Après ce qu'elle appelait « ses années d'aveuglement », le quolibet lui semblait doux.

L'historique qu'elle servit à Renato et à sa mère prit quelques libertés avec la réalité. L'occasion de développer un établissement fleuron de l'enseignement en Suisse l'avait séduite... À Genève, elle s'était occupée « des plus prestigieuses institutions culturelles ». Elle avait même présidé une « société de lecture », dans la Vieille-Ville, l'occasion de « côtoyer des auteurs connus », dit-elle avec affectation.

Gabriella était aux anges devant tant de savoir-faire. Elle pouvait rentrer à Vérone l'âme en paix :

— Quelle œuvre magnifique !

— Nous l'accomplissons tous ensemble ! Parents, élèves, professeurs…

Elle avait ses petites ruses, dont ni les parents ni les élèves ne soupçonnaient l'existence. Lorsque par exemple l'un des pensionnaires lui semblait « filer un mauvais coton » (elle préférait cette expression à « présenter des signes de dépression »), elle l'interrogeait, mine de rien, le surveillait à table, s'informait de son travail en classe et de son engagement aux activités sportives. Si elle avait le sentiment que le problème concernait un rapport aux parents, elle allait jusqu'à demander au professeur de chimie d'ouvrir à la vapeur d'eau un courrier qui pourrait se révéler douloureux. Ils en partageaient la lecture, quelquefois en faisant appel à l'un ou l'autre des professeurs, pour déterminer s'il y avait lieu de provoquer une discussion, avant de soigneusement refermer l'enveloppe.

— Nous accordons une place importante à tout ce qui permet à nos internes de « devenir », comme nous le disons : l'étude, l'amitié, l'esprit de corps, la solitude, aussi, qui fait partie de la vie, sans oublier la culture, et même le divertissement !

Chaque mercredi soir, il y avait cours de danse. Bien sûr, ce n'étaient plus les valses viennoises que les élèves apprenaient :

— Nous leur proposons des cours de *street*, comme disent les élèves, du hip-hop... Tu viendras, n'est-ce pas, Renato ?

Et puis, il y avait le théâtre, qui offrait à chacun la possibilité de monter sur scène, de s'exprimer, de s'affirmer :

— À la fin de chaque trimestre, les élèves présentent une pièce mise en scène par M. Mantegazza, le professeur d'italien. Nous invitons les parents, la presse, les autorités locales... Un moment fort dans la vie de l'Institut.

Elle s'interrompit, sûre de son effet, et sourit beaucoup, désireuse de laisser à ses arguments le temps d'être absorbés.

— Et ces échanges entre enfants du monde entier...

Elle avait placé Renato en chambre avec un garçon qui venait du Brésil :

— João est ici depuis l'âge de sept ans. Il connaît l'école mieux que moi. (Elle émit un petit rire forcé.) C'est un gentil garçon, tu verras, une sorte de bon géant. Il te sera très utile.

Elle se tourna vers Gabriella :

— Vous m'avez dit que votre fils aimait beaucoup le théâtre...

Au même instant, Paolo Mantegazza ouvrit avec précaution la porte du Salon rose. À la vue de Gabriella, il s'arrêta, la dévisagea, et eut un mouvement de recul.

— Vous voyez ! s'exclama la directrice. Nous avons beau avoir des parents d'élèves célèbres, à votre vue, même notre cher Mantegazza est impressionné !

Paolo resta deux trois secondes sur le pas de la porte, s'avança vers Gabriella et lui tendit la main, les yeux baissés, avant de saluer Renato d'un geste de la tête.

Bérengère Hugues le pria de dire quelques mots de la prochaine production théâtrale. Il s'éclaircit la gorge :

— Il s'agit d'une pièce à personnages multiples... Cela permet à un maximum d'élèves de participer. Comme il y a en général plus de demande que d'offre...

Il avait parlé d'un ton heurté. Après quelques secondes de silence, il s'éclaircit à nouveau la gorge :

— Je commence les auditions mercredi.

La directrice intervint : Renato était un passionné de théâtre.

— J'espère que vous lui confierez un rôle intéressant. Avez-vous choisi la pièce de ce trimestre ?

— Un Pirandello, *À chacun sa vérité*.

— Ah, s'exclama Gabriella, *Così è (se vi pare)*[1].

1. *C'est ainsi (si cela vous semble possible).*

Paolo demanda à Renato s'il la connaissait. Les yeux baissés, le garçon ne réagit pas. Sa mère lui effleura le bras, il leva le regard et comprit que le professeur lui avait posé une question. Paolo la répéta, de façon articulée. Renato ne l'avait ni vue ni lue. En revanche, il avait beaucoup aimé *Six personnages en quête d'auteur.*

Paolo hocha la tête. C'étaient des chefs-d'œuvre. Mais *À chacun sa vérité* lui semblait plus mordant. Une pièce de l'absurde.

— Vous nous en dites deux mots ? demanda la directrice.

Dans une petite ville de province, un M. Ponza affirmait que sa belle-mère, Mme Frola, était devenue folle à la mort de sa fille. Lui-même s'était remarié. Mme Frola, de son côté, prétendait qu'après un séjour en asile psychiatrique, son gendre n'avait pas reconnu sa femme et qu'il avait fallu lui organiser un deuxième mariage avec sa propre femme pour le calmer :

— J'espère que nous pourrons trouver un rôle qui vous donne satisfaction.

— Je vous en remercie par avance, laissa tomber Gabriella.

Elle s'était exprimée en italien. Renato baissa les yeux. Les choses se présentaient comme il le craignait. Si Mantegazza s'était exprimé avec réserve, c'est qu'il avait ses préférés. Les meilleurs rôles leur reviendraient. Il voyait déjà sa mère lui envoyer un cadeau. Grande boîte de marrons glacés « maison » si le rôle qu'il lui proposerait était petit, bonbonnière en argent s'il était honorable.

À peine Paolo eut-il quitté le Salon rose que Bérengère Hugues se leva et sourit tant qu'elle put à Gabriella :

— Tout va bien se passer, je m'en assurerai.

Institut Alderson, à l'étage des grands

Dimanche 3 septembre

— Tu t'appelles ?

— Renato.

— Moi, c'est João.

Étendu sur un lit, les mains nouées derrière la nuque, un rouquin immense regardait Renato, l'air désabusé.

D'un geste du menton, il indiqua l'autre lit de la chambre :

— Ta table, ton armoire... Pour être franc, je m'attendais à retrouver Petros, mon copain de chambrée d'avant les vacances.

La Tantine lui avait annoncé que désormais il partagerait sa chambre avec un Italien : « C'est aussi ça, notre richesse, le brassage. »

Il haussa les épaules. Le discours habituel...

— La Tantine ?

Il singea la directrice : *Je ne suis pas votre maman, mais tant que vous êtes à l'Institut...*

— Désolé de vous avoir séparés, dit Renato. Je vais demander qu'on me change de chambre.

— Laisse tomber. C'est quoi ton nom de famille ? Barro ? Sans blague ! Les glaces ?

Il se mit à rire. À San Remo, où il passait chaque année le mois d'août avec son père, il en avait mangé tous les jours :

— La *Coppa del Babbo* ! Génial ! Je bouffais le père, et maintenant je vais bouffer le fils ! Bon, je rigole. C'est à ton père ?

— À ma famille. Mon père est mort.

João haussa les épaules :

— Pour beaucoup d'entre nous, même quand on a un père, c'est comme si on ne l'avait pas.

Il se mit à rire :

— Mon copain Petros est le fils de Karamaounas, l'armateur. Grande fortune de la planète. J'ai dîné avec eux un soir. Un ogre. Ton père était comme ça ?

— Pas vraiment, répondit Renato. C'est lui qui s'est fait broyer.

— Ah bon ?

C'était rare, à l'Institut, un père broyé. Quand João avait six ans, sa mère avait quitté son père, et celui-ci s'était remarié avec sa secrétaire, aussi banal que cela paraisse :

— Chacun d'entre nous cherche des excuses à ses parents. Histoire de se convaincre qu'il ne s'est pas fait jeter. Parents très occupés, l'un des deux qui regarde ailleurs… Le choix est large. La clé du bonheur est de se convaincre que c'est pour ton bien. L'an passé, j'ai proposé à la Tantine de faire une conférence intitulée *L'internat, ou la recherche du père éternel.* Elle a refusé...

Il éclata de rire, Renato sourit et lui tourna le dos, commençant de ranger ses affaires, lorsque soudain il entendit un hurlement. Il se retourna et vit João, l'air fâché :

— Je te parle !

— Désolé, fit Renato.

Il laissa passer un silence avant de pointer ses index sur ses oreilles.

— Merde alors ! fit João. Tu es sourd ?

— Si je te regarde, je comprends quasiment tout. Si tu me parles doucement ou tu chuchotes, ça devient difficile. Si je te tourne le dos, je n'entends rien.

— Tu te soignes ?

Renato haussa les épaules. C'était de naissance. Avec des prothèses, il comprenait assez bien. Mais il ne les mettait jamais. Ou alors une seule à la fois.

— On peut voir ?

Renato sortit une petite boîte métallique de son sac et en retira deux contours d'oreille munis d'un minuscule tuyau.

— Mets-les, pour voir.

Il s'exécuta. Les cheveux lui recouvraient le pourtour de l'oreille et la partie extérieure ne se voyait pas. Le petit conduit, en revanche, était bien visible.

— Je n'aime pas les mettre.

João hocha la tête :

— Je garde ça pour moi. Allez, la Tantine m'a chargé de te faire visiter le campus.

Traversé d'une longue allée de glycines, le parc de l'Institut Alderson descendait en pente douce jusqu'au lac. Sur sa gauche, Renato remarqua une structure de verre et d'acier.

— L'Auditorium, dit João.

À droite, un immeuble blanc, de style néoclassique :

— Le dortoir des filles. Elles sont soixante. Comme nous. Je ne te fais pas un dessin.

Renato le regarda sans comprendre.

— Il y en a pour tout le monde. C'est bon ? Tu as saisi ?

Il montra du doigt un long bâtiment aux allures de bunker, situé en lisière du lac :

— Le hangar des skiffs.

L'Institut avait une tradition d'excellence en aviron. Le hangar contenait des skiffs à deux, quatre ou huit places. João demanda à Renato s'il en avait déjà fait.

— Non, toi ?

João secoua la tête. Il n'aimait pas les sports de groupe. C'était impossible que tout le monde soit de la même force, et, surtout, que tout le monde ait la même ardeur au combat. Il pratiquait le tennis :

— Quand tu gagnes un match, c'est ton match. Cela dit, j'aime bien le hangar à skiffs.

À l'Institut, ils l'appelaient le bar à champagne. Renato le regarda d'un air inquiet, craignant d'avoir mal compris un mot.

— C'est là où on fait sauter le bouchon.

Garçons et filles s'y retrouvaient la nuit. Le bâtiment était fermé, mais des clés circulaient, chez les garçons comme chez les filles. Quitter les dortoirs de nuit ne présentait pas de problème majeur. Une fois sur place, les couples s'installaient dans les recoins, pas vraiment cachés les uns des autres, mais il n'y avait pas d'autre solution. Au moins, il faisait sombre :

— À l'entrée du hangar, il y a des piles de couvertures. Elles sont destinées à protéger le bois des skiffs. Chacun se sert, s'installe où il peut et tâche d'être discret sous les couvertures.

Et la référence au champagne ? demanda Renato. Ils organisaient des saouleries ?

João haussa les épaules :

— Mais non, voyons, les bouchons qui sautent, c'est les filles qui perdent leur pucelage. On pourrait couvrir les murs de plaques commémoratives.

Il laissa échapper un petit rire :

— C'est nouveau, pour toi ?

Renato haussa les épaules.

— Ta mère aurait dû te mettre interne plus tôt, lança João. Tu aurais gagné en expérience.

Devant le hangar se trouvait un long ponton. Renato s'avança jusqu'à sa pointe, d'où il repéra la Dent d'Oche, le pic des Mémises, la pointe de Chavasse, la Croix aux Filles… Il les avait tous gravis. C'était le passé. Au moins, il lui restait le théâtre…

Alors qu'ils remontaient le parc, il interrogea João sur Mantegazza.

— C'est la vedette. Avec sa barbe et ses allures de Neptune, il met tout le monde dans sa poche. Les garçons l'admirent pour son style et les filles sont folles de lui. Il pourrait jouer les stars, mais il est du genre réservé. La Tantine l'aime beaucoup.

Il se mit à rire :

— En plus, il est génial. De temps en temps, il me balance une phrase en portugais, comme de rien ! Un Italien doué pour les langues, ça surprend. D'où il sort ça, je me le demande.

Au moment où ils arrivèrent au bâtiment principal, un groupe d'une demi-douzaine de garçons et de filles en sortait. L'un d'eux était un noiraud grand de taille et très beau.

— Karamaounas, dit João lorsqu'ils se séparèrent. Tombeur, joueur de poker et copain de Mantegazza. C'est lui qui tient les premiers rôles.

— Je vois, fit Renato. Et toi, le théâtre ?

C'était comme l'aviron ou le football. Il ne voulait pas dépendre d'autrui. Ce qu'il aimait, c'était le hip-hop :

— Le mercredi soir, il y a *street dance*. Tu devrais venir.

Lutry Grand Rue 12,
dans l'appartement de Paolo

Lundi 4 septembre

À cinq heures et demie du matin, Paolo interrompit son travail de traduction et commença la rédaction d'une lettre :

Carissimo Carlotto,

Il écrivit les premières phrases, ratura mot après mot, déchira la page et se plaça devant sa machine à écrire.

Prof. Giancarlo Bachmann
Facoltà di sociologia
Università di Trento
Alto Adige, Italia

Carissimo Carlotto,

Il est cinq heures et demie du matin et je n'ai pas réussi à fermer l'œil.

Hier après-midi, j'avais devant moi Gabriella Barro et son fils Renato. Tu imagines le choc.

Le garçon rentre à l'Institut et il a, me dit-on, la passion du théâtre. Devant la mère Barro et son fils, j'ai d'abord été incapable de dire un mot. Heureusement, la directrice a attribué mon trouble à leur notoriété.

J'ai retrouvé le garçon un peu plus tard, à la cérémonie qu'organise l'Institut chaque dimanche de rentrée, lorsque la directrice monte sur scène à l'Auditorium et fait son numéro. Je l'observais de loin lorsque soudain nos regards se sont croisés. C'est moi qui ai baissé les yeux.

Voilà où j'en suis...

Le garçon a l'air réfléchi, en retrait pour quelqu'un qui veut faire du théâtre. Il semble qu'il ait un problème d'ouïe. Je l'auditionnerai mercredi.

Le secret a tenu huit années. Dieu sait ce qui m'attend.
Je te serre dans mes bras,

P.

Il mit la lettre sous enveloppe et reprit sa traduction.

À son arrivée à l'Institut, huit ans plus tôt, il avait décidé de se perdre dans un grand projet de traduction, de l'allemand vers l'italien. À Trente, ancien territoire austro-hongrois où il avait grandi, chacun parlait couramment les deux langues, et passer de l'une à l'autre lui était naturel. Ce serait Nietzsche. Tout l'œuvre. Il s'était attelé à la tâche, traduisant livre après livre dans le sens contraire à la chronologie, commençant par *Fragments posthumes*, poursuivant avec *Nietzsche contre Wagner*, et ainsi de suite. Il en était à *Zarathoustra.*

Nietzsche avait été traduit en italien par de grandes plumes, et aucun éditeur ne se serait risqué à publier la version d'un inconnu. Mais ce projet le tenait debout, par l'effort autant que par le compagnonnage d'un philosophe dont la pensée lui offrait de l'espoir. « À chaque instant, l'être recommence », disait *Zarathoustra.* Il avait traduit ces mots par *Ad ogni istante, l'essere rinasce.* À chaque instant, l'être renaît. C'était plus qu'une traduction, un besoin de garder l'espoir. D'autres réflexions lui apportaient du réconfort. « Je ne crois qu'en un dieu qui sache danser », disait Nietzsche. Il célébrait la joie de vivre, sans juger ni condamner.

Institut Alderson,
à l'office adjacent à la cuisine

Lundi 4 septembre

Comme chaque matin à la récréation de dix heures, la directrice tenait table ouverte.

— Et cette année, la pièce sera… ?

Celui qui interrogeait la directrice était Adolf Nadelmann, le professeur d'allemand et de philosophie.

— *À chacun sa vérité*, répondit la directrice. Vous la connaissez ?

Nadelmann sourit. Bien sûr qu'il la connaissait. Et bien entendu, il n'adhérait pas aux thèses de Pirandello. Il n'y avait qu'une vérité. Mais il s'abstint de tout commentaire. Il avait depuis longtemps perdu le goût de convaincre.

— Quelqu'un a-t-il vu notre ami Mantegazza ? demanda Bérengère Hugues.

Au même moment arriva celui-ci, essoufflé. Il avait été retenu par une grappe d'élèves qui voulaient en savoir plus sur la pièce. Aucun d'eux ne la connaissait :

— Dès que j'ai dit qu'elle avait un côté absurde, ils ont été séduits. Il y aura plus de candidats que de rôles.

— Voilà qui est réjouissant, dit la directrice. Vous serez attentif à ne pas heurter les sensibilités, n'est-ce pas ?

Elle pensait à Petros, placé cinq ans plus tôt à l'Institut, peu après le suicide de sa sœur. Pour quelle raison ses parents lui avaient-ils infligé une séparation, en plus du deuil qu'il venait de subir ? La question n'avait cessé de la troubler.

— Je les auditionnerai mercredi, ajouta Paolo.

— L'an passé, Karamaounas a incarné un Tartuffe prodigieux, dit la directrice.

Elle se tourna vers Paolo. Il fallait être prudent. Sous ses dehors de caïd, Petros était un garçon fragile. Quant à ce nouvel élève, Barro... Il se pouvait qu'il soit bon, et sa mère semblait très attachée à ce qu'il ait un rôle conséquent. Mais Karamaounas était une valeur sûre...

Nadelmann eut un geste timide :

— Cela ne va pas déboucher sur une guerre des stars, au moins ?

Bérengère Hugues le regarda sans aménité. Décidément, sous ses allures de professeur Tournesol, cet homme était d'une intuition irritante :

— De petites jalousies ne vont pas entraver le travail de notre ami Mantegazza.

— En matière de théâtre, fit Nadelmann, réprimant un sourire, les jalousies sont rarement petites.

Paolo ne réagit pas. Mme Hugues devait se dire que par comparaison aux Karamaounas, les Barro faisaient un peu province.

Elle se tourna vers lui, et, durant une fraction de seconde, laissa percer une inquiétude :

— Vous ferez au mieux, n'est-ce pas ?

À la salle à manger de l'Institut Alderson

Lundi 4 septembre

Renato avait été placé à une table de six, avec João, Petros et trois filles.

— Il paraît que tu t'intéresses au théâtre.

C'était Petros.

João s'arrêta de manger et regarda Renato. Deux des filles se mirent à sourire, l'air goguenard.

— J'en ai fait depuis aussi longtemps que je me souvienne.

— Depuis bébé, alors, gloussa l'une des filles.

— Dans le ventre de ta mère ? fit l'autre.

— C'est drôle, laissa tomber João.

Les yeux sur les lèvres de Petros, Renato ne réagit pas.

— Ta dernière, par exemple ?

— *Les Précieuses ridicules.*

Les filles s'esclaffèrent.

Deux tables plus loin, Paolo tourna la tête en direction de Renato.

— Ici, l'année passée, nous avons monté *Tartuffe*, dit Petros.

— Et il avait le premier *rô-leu*, dit l'une des filles en chantonnant.

*

— Tu auras des problèmes avec Petros, dit João quand ils se retrouvèrent dans leur chambre. C'est un gars assez imprévisible. Cela dit, tu m'as l'air assez costaud. C'est quoi ton truc ?

— L'alpinisme.

João hocha la tête :

— Excellent. Pour ce qui est de Petros...

Il avait vécu « de drôles de trucs ». À ses yeux, Renato serait toujours une menace. Quelles que soient les attributions de rôle que déciderait Mantegazza, Petros se montrerait mauvais joueur. Et si par malheur Mantegazza lui préférait Renato, ce serait guerre ouverte. En plus, il avait sa cour. Le mieux était que Renato renonce à la pièce.

Renato répondit par un haussement d'épaules. Déjà qu'il n'y avait pas la montagne...

— Méfie-toi quand même, reprit João. C'est un animal blessé.

Lutry, dans l'appartement de Paolo

Mardi 5 septembre

Paolo tenait dans une main un jerrican plein d'essence et dans l'autre un préservatif contenant de l'acide sulfurique. C'était la méthode utilisée par les Brigades Rouges pour mettre le feu aux voitures. Après que l'acide eut rongé le préservatif, il attaquait un mélange de sucre et de potassium qui enflammait l'essence et incendiait le véhicule. Des voitures de dirigeants d'entreprise et de délateurs, Paolo en avait incendié des dizaines, entre 1970 et 1974. Il avait toujours eu le temps de s'éloigner. Mais dans son rêve, à l'instant où il s'approchait de la voiture, elle explosait et le carbonisait.

Il avait fait ce cauchemar pour la première fois onze ans plus tôt, en prison, le soir où il avait appris le suicide de Barro. Pourquoi avait-il mis fin à ses jours ? Il avait été libéré… La « doctrine Rivolta », comme l'avait appelée le président du Tribunal de Milan, ne prévoyait pas une telle issue. L'enlèvement devait se limiter à une simple transaction. De l'argent contre un prisonnier, et chacun retourne chez soi content.

Durant quelques semaines, le rêve était revenu chaque nuit, puis de manière moins fréquente. Cela faisait des années qu'il ne s'était plus répété. Jusqu'à cette nuit.

Avant que Francesco Barro ne se suicide, la « doctrine » n'avait jamais dérapé. Les enlèvements réservés aux dirigeants d'entreprise, celui de l'ingénieur Macchiarini, en 1972, ou d'Ettore Amelio, le chef du personnel de Fiat, en 1973, visaient un propos précis : les obliger à réorganiser le travail en atelier. S'il s'agissait de propriétaires d'entreprise, le but était de renflouer les caisses des Brigades en accaparant un argent abusivement gagné sur le dos des ouvriers. Chaque enlèvement était en cohérence avec les objectifs du mouvement.

Jusqu'au drame de Barro, personne n'avait anticipé un tel dégât collatéral : otage libéré mais incapable de vivre.

À l'époque du suicide, un exemplaire de *Panorama* avait circulé au réfectoire de la prison San Vittore. Une dizaine de pages étaient consacrées aux funérailles de Barro. On y voyait la foule qui suivait le cortège, la cathédrale de Santa Maria Matricolare pleine du beau monde politique et industriel de Milan, Turin, ou Rome, un reportage sur la famille… Plusieurs photos montraient le couple Barro en majesté, d'autres, Gabriella, très élégante, et l'une, Renato à l'âge de cinq ou six ans, l'air concentré et les yeux baissés, tenant à la main une petite voiture rouge qui ressemblait à une jeep militaire. Il essaya de se rappeler le commentaire qui accompagnait la photo. Sans doute quelques mots du genre : « Renato, le fils de l'industriel, âgé de sept ans et désormais orphelin de père. » Le journaliste parlait d'un « handicap léger ».

À l'Auditorium Alderson

Mercredi 6 septembre

Paolo les avait avertis : les auditions auraient lieu sur scène, « la meilleure façon de jauger votre capacité à occuper l'espace et à vous imposer face à une salle vide ».

Ils attendaient leur tour, assis à même le sol dans le foyer de l'Auditorium, de part et d'autre de la porte qui menait à la salle, une disposition qui évitait à chacun de croiser le regard de l'autre.

Cela faisait deux jours que Renato passait son temps libre dans sa chambre, à lire à voix haute des extraits de la pièce, à s'écouter, se reprendre, et à estimer les chances qu'il avait de décrocher tel ou tel rôle. Il ne se faisait aucune illusion. Ce que Mantegazza savait de lui, c'est qu'il aimait le théâtre. Et alors ? Avait-il la mémoire qui lui permettrait de connaître par cœur un texte important ? Viendrait-il ponctuellement aux répétitions ? Travaillerait-il son personnage ? De tout cela, le professeur n'avait pas la moindre assurance. S'il arrivait à décrocher l'un des rôles secondaires, celui d'Agazzi ou de Sirelli, ou même celui du préfet, il en serait heureux. Et si c'était celui du domestique ou du commissaire, il en prendrait son parti.

Petros aurait sûrement celui de Laudisi, sorte de narrateur ironique qui occupait la scène de façon presque ininterrompue. Le personnage de Ponza était intéressant, lui aussi. Son caractère passionné offrait de brillantes tirades... De celles qui déclenchent des applaudissements à répétition. Un rôle flamboyant... Mais il ne marquait pas la pièce autant que Laudisi.

La porte de l'Auditorium s'ouvrit. C'était au tour de Petros. Sans dire un mot, celui-ci se leva et quitta le foyer. Un quart d'heure plus tard, il était de retour, le regard conquérant :

— À toi !

Renato s'approcha de la porte. L'Auditorium lui parut immense. Assis au sixième rang, l'air sombre, Mantegazza l'invita d'un geste à monter sur scène :

— Lisez la partie de Laudisi du haut de la page 12 jusqu'à « touchez », au milieu de la page 15. Vous sauterez les répliques intermédiaires.

Le cœur battant, Renato repéra le début du passage, prit son souffle et se lança :

Ah ! ah ! ah !... Avec votre permission, madame, je répondrai à votre mari.

...

Vous me voyez, là ? Vous me voyez, n'est-ce pas ?

...

Ne prêtez pas attention ! Vous êtes certaine qu'il s'agit de moi. Vous n'en avez pas le moindre doute.

...

Je suis celui que vous voyez. C'est une certitude. Mais, chère madame, je suis également celui que voient votre mari, ma sœur, ma nièce et Madame...

...

Il lut les répliques sans anicroche et conclut en donnant aux derniers mots une pointe d'ironie :

Acceptez ce que voient et ce que touchent les autres, même si cela diffère de ce que vous-même voyez ou touchez...

Renato s'arrêta et Paolo garda le silence durant de longues secondes, le regard inquisiteur. D'où sortait ce garçon qui, à la découverte d'un texte aussi insaisissable, le lisait en vieux roublard ?

— Vous aviez déjà travaillé ce passage ?

Renato secoua la tête.

— Dans la pièce, il y a deux personnages très différents l'un de l'autre. Laudisi observe les absurdités du quotidien et prend plaisir à en accepter les invraisemblances. Ponza, lui, n'arrive pas à gérer les paradoxes de l'existence.

Le garçon hocha la tête.

— Allez à la page quatre-vingt-un et lisez à la suite les répliques de Ponza. Vous sauterez les lignes intermédiaires.

Renato repéra le premier passage, un texte aux relents passionnés qu'il se garda de surjouer :

Je ressens à l'égard de cette femme plus d'estime que pour ma propre mère. Et pourtant... hier, ici même, je me suis mis à lui parler avec violence, et pour tout dire, avec cruauté... Et voilà que la pauvre vieille se trouve dans un état d'agitation attristant...

Paolo l'écoutait, immobile. Aux antipodes du précédent, le jeu de Renato était fiévreux, tout en intériorité.

Vous ne pouvez pas savoir combien vous me faites du mal…

…

C'est qu'ils ne veulent pas me croire ! Quoi que je dise !

…

Ils vont finir par la tuer, monsieur le préfet ! Je n'ai cessé de les alerter !!

…

Monsieur le préfet, je refuse cette violence ! Ma femme restera chez moi ! Je la respecte plus que quiconque ! Il faut qu'elle ait confiance en moi !

Sa lecture fut à nouveau suivie d'un long silence.

— Bravo, fit enfin Paolo en roulant le « r » à l'italienne et en mettant l'accent sur le « a ».

Que ce garçon ait un tel talent lui causait un plaisir troublant.

Il s'adressa à lui en italien. Sur le plateau, il serait en concurrence avec Petros, une boule d'énergie :

— Cette école est un lieu assez rude. Je ne dirai pas qu'il y règne la loi de la jungle, mais on n'en est pas loin. S'imposer physiquement est plus utile qu'être un premier de classe.

Qu'allait-il pratiquer comme sport au cours des mois à venir ? Renato ne le savait pas. Il n'aimait ni le football ni le basket :

— J'aime la montagne.

Paolo le regarda durant quelques instants avec une attention marquée :

— Je te comprends… Mais voilà, ce n'est pas ici que tu pourras escalader des sommets. À défaut, tu peux courir, et même dans un cadre merveilleux. Entre Lutry et Lausanne, un petit chemin longe le lac. L'aller-retour fait dix kilomètres. À petit trot, tu le parcours en une heure. Fais-le chaque deux ou trois jours. Au bout de quelques semaines, tu sentiras la différence. Ça t'aidera beaucoup.

Il se rendit compte qu'il avait passé au tutoiement, hésita, et reprit :

— J'ai appris que tu t'es inscrit au hip-hop…

— Sur le conseil de João, fit Renato.

Est-ce qu'il en avait déjà fait ? Non. Il savait à peine de quoi il s'agissait.

Le hip-hop attirait de nombreuses filles. Des clans s'y formaient. Petros y était très présent. S'il voyait arriver Renato, il chercherait à se rendre intéressant :

— À ta place, je commencerais par quelques cours particuliers. Cela te permettra d'intégrer le groupe en confiance.

Josy, l'Américaine qui venait chaque mercredi soir à l'Institut, avait un studio de danse en ville. Il pourrait s'y rendre le samedi.

Lutry, dans l'appartement de Paolo

Mercredi 6 septembre

Paolo posa son crayon, relut la page qu'il venait de traduire et se souvint. Dix ans plus tôt, à Presicce, il était assis à la cuisine, face à son oncle :

— Je veux tourner la page.

— Qu'est-ce que ça veut dire, tourner la page, lui avait répondu son oncle, dans un haussement d'épaules.

C'était ça ou mourir. Depuis qu'il avait présenté sa thèse et que la presse s'en était fait l'écho, les menaces n'avaient pas cessé. « Rivolta règle son compte à la pensée brigadiste », avait titré le *Corriere della Sera* dans un long article en première page. « La pensée des Brigades Rouges, revue et très corrigée », écrivait *La Stampa* de Turin. On aurait dit que les journalistes souhaitaient son assassinat. Les menaces lui étaient arrivées à l'Université de Trente, là où il avait présenté sa thèse, par écrit et bien sûr anonymes.

« À ton avis, que mérite un traître ? » « Que préfères-tu ? Une balle ou la corde ? » « Profite des jours qui te restent. Ils sont peu nombreux. » À deux reprises, il avait été agressé physiquement, une fois à Trieste, dans la rue, une autre dans un café de Trente, où deux malabars l'avaient fait tomber de sa chaise.

Une semaine plus tard, son oncle et lui s'étaient rendus à Lecce. Une belle-sœur de l'oncle travaillait à la préfecture comme juriste. Ce fut elle qui prépara le dossier et obtint la signature du préfet. La thèse de Paolo avait fait office de repentir, et les menaces qu'il avait reçues d'argument décisif. « Ton prénom, tu le gardes », avait dit la belle-sœur. « Tu l'as reçu à ton baptême, c'est sacré. Mantegazza, ça te va ? » Ça ou autre chose… Quinze jours plus tard, il était retourné prendre ses nouveaux papiers. Elle l'avait regardé longuement : « Sois content, je vais faire une erreur administrative. Un oubli stupide. Comme ça personne ne saura rien. » Elle n'allait pas faire publier le changement de nom dans le Journal Officiel.

Il quitta son souvenir. C'était à Renato qu'il allait confier le rôle de Laudisi. Il avait pensé à Petros en choisissant la pièce… Le rôle lui serait allé comme un gant. Il en avait la carrure, le talent, le souffle. Mais Renato s'était montré plus brillant, et voilà que cette situation inattendue, qui aurait dû l'embarrasser, lui causait un plaisir étrange.

Institut Alderson,
à la salle à manger

Mercredi 6 septembre

— Il t'a fait lire quels rôles ? lança Petros.

Cela faisait deux jours qu'il n'avait pas adressé la parole à Renato. Histoire de le tenir à distance. De lui faire comprendre qu'à l'Institut, c'était lui, Petros, qui menait le bal, pas un dernier venu aux airs de gonzesse.

Mais là, il n'y tenait plus. Il voulait savoir. Être sûr que ce merdeux d'Italien n'allait pas se mettre sur son chemin. Ni au théâtre ni ailleurs... Nulle part où cela valait la peine d'êtrc une vedette... Pour qui se prenait-il, ce Rital de province, à marcher sur ses plates-bandes ?

— Alors ?

— Laudisi, puis Ponza.

— Pas le rôle de Sirelli ?

— Juste ces deux.

— Ni celui du préfet ?

Renato secoua la tête.

Ils avaient donc fait les mêmes lectures… Le Rital avait dû jouer les victimes. Mantegazza et lui s'étaient retrouvés entre Italiens… Il y avait du remplacement dans l'air, c'était évident. Mantegazza allait jeter son dévolu sur le malheureux orphelin. Quant à lui-même… Viré du cercle des préférés. Et même du cœur du cercle. Difficile d'attirer la compassion, si l'on est fils de l'un des hommes les plus en vue de la planète, des plus riches, des plus impressionnants, des plus tout, à la tête d'un empire bâti à coups de génie… Et face à lui, dans le rôle de l'orphelin, Renato ! Père enlevé et suicidé, quel pauvre garçon nous avons là.

Que fallait-il qu'il fasse ? Qu'il clame à ses camarades : vous, vous ramenez une bonne note en latin et votre père vous félicite. Moi, si j'ai une bonne note en latin, et s'il se souvient de moi, mon père me demande ce qu'est le latin.

Sa vie était guidée par une obsession : impressionner l'ogre. Chaque jour. À chaque heure. Que son père soit présent ou non. Qu'il fasse attention à lui ou non. Un père de bande dessinée, qui aimait répéter en s'esclaffant : « Ils n'ont rien vu passer », chaque fois qu'il réussissait un coup. Qui ne lui laissait pas d'autre choix que de jouer les héros. Un homme qui rabrouait sans cesse son monde : lui, sa mère, le personnel de maison, ses employés, même ses meilleurs amis, y prenant un plaisir jubilatoire, d'une vulgarité tapageuse. La seule exception avait été Artemis. Sa fille. Une sorte de perfection, pour laquelle sa tendresse semblait n'avoir aucune limite. Artemis toujours calme, réservée et dépressive. Artemis, sa sœur aînée qui à quinze ans s'était suicidée.

— Quand saura-t-on ? intervint João.

— Demain à quatorze heures, dit Petros. Au tableau d'affichage.

Il s'adressa à Renato :

— Tu as une préférence ?

Renato laissa s'installer un silence :

— Je préfère le rôle de Ponza. Je le trouve plus vigoureux. Plus à même de mettre l'acteur en valeur. Certaines de ses répliques sont des déclencheurs d'applaudissements…

Il comprit qu'à cet instant, il contrôlait la situation :

— Cela dit… Il est évident que le premier rôle est celui de Laudisi. Il a plus de répliques et plus de lignes. Pourtant je trouve le personnage moins fort. Il ne s'engage jamais à dire : ceci est noir, ceci est blanc. C'est intéressant du point de vue philosophique, mais sur scène, ça donne un personnage terne. Enfin, ça reste le premier rôle.

Si Petros se retrouvait à jouer Ponza, il pourrait raconter à toute l'école que c'était un rôle pour grand acteur et que Mantegazza avait confié à Renato le rôle du falot. Et si Mantegazza le retenait pour Laudisi, il dirait qu'une fois encore il avait été choisi pour le premier rôle.

Petros resta pensif.

— Tu viens tout à l'heure au hip-hop ? demanda João.

Renato lui répondit qu'il s'était désinscrit.

— Tu as tort, renchérit João.

— Je te comprends, c'est très physique, dit Petros.

Dans la chambre de Renato

Mercredi 6 septembre

Lettre de Renato à Rosa :

Ma Rosa,

Hier, au téléphone, tu te faisais du souci pour rien. Je crois que j'aurai un bon rôle dans la pièce dont je t'ai parlé. Et je crois aussi que Petros n'est pas invincible. Tout à l'heure à table, je l'ai bien coincé (je ne te raconte pas, mais crois-moi, il avait l'air perdu). Je t'écrirai demain pour t'en dire plus. Le prof de théâtre (Mantegazza, je t'en ai parlé) est beaucoup plus sympathique que ce que je pensais. Quand il me parle en italien, il me tutoie.

Je t'embrasse très très fort, écris-moi, ma Rosa,

Ton Tinett

Institut Alderson,
dans l'office adjacent à la cuisine

Jeudi 7 septembre

— Ah ! Monsieur Mantegazza !

Le ton de la directrice se voulait désinvolte, mais son regard la trahissait. Que tramait le professeur d'italien ? Il n'était pas venu dîner la veille au soir. Comme externe, il n'y était pas tenu, mais l'usage voulait qu'il y assiste. Et cette tête qu'il poussait, ce matin… Décidément, quelque chose lui échapperait toujours chez cet homme.

— Vous nous avez manqué… Racontez-nous !

Elle aurait voulu qu'il lui dise : « Soyez tranquille, chère Madame. Ce sera Petros qui aura le premier rôle ; il s'est révélé inégalable, dans le personnage de Laudisi comme dans celui de Ponza, pourtant deux caractères opposés. Croyez bien que si j'avais pu lui confier les deux rôles, je l'aurais fait. »

Mais Paolo ne lui dit rien de cela. L'air embarrassé, il s'excusa de son absence au dîner dans un fatras d'explications boiteuses. La pièce était pleine de pièges et de ruptures, au terme d'auditions très intenses, il n'avait été bon qu'à s'affaler sur son lit, alors qu'il devait encore décider de la distribution, très complexe cette année…

La directrice l'interrompit. Sans doute avait-il déjà fait son choix, quant au premier rôle. Ne pouvait-il leur en dire un peu plus, en toute confidence ?

Elle laissa échapper un rire nerveux.

Il hésitait. Deux élèves s'étaient montrés excellents, il tenait à faire le meilleur choix pour l'Institut, à être équitable à l'égard des candidats aux rôles principaux…

— J'ai promis d'afficher la distribution à quatorze heures, je vous demande de m'accorder encore ce petit intervalle.

— Il s'agit de Petros, bien sûr, et de qui d'autre ?

— Barro, le nouveau venu.

Les traits de la directrice se durcirent :

— Souvenez-vous de ce que je vous ai demandé lundi. Petros est un garçon fragile.

Il ne l'avait pas oublié, bien sûr. Mais il veillerait aussi à ce que la pièce soit un succès qui valorise l'Institut…

— Si j'ose…

C'était Nadelmann qui venait au secours de Paolo. Était-ce une bonne chose de donner, pièce après pièce, le premier rôle au même élève, quel que soit son talent ?

Il sourit :

— N'est-ce pas une manière de le fragiliser encore plus, alors que le rôle de l'Institut est justement d'habituer nos élèves à surmonter la nécessité ?

Il prit un ton espiègle. La difficulté de faire le bon choix n'était-elle pas le sujet même de la pièce ?

— Lorsque Laudisi s'adresse à l'un, puis à l'autre, qu'il demande comment chacun le voit… Je trouve cette scène extraordinaire. Nous pourrions la rejouer entre nous. Moi-même, durant mes années d'étudiant à Vienne, je m'efforçais de cacher mon identité juive. Ça ne marchait jamais (il se mit à rire). Dès que l'on me demandait mon nom, j'étais dévoilé. Nadelmann, ça dit tout ! Et même maintenant, suis-je celui que vous voyez, chère Madame Hugues ? Un professeur d'allemand et de philosophie bien sous tous rapports ? Ou un tout autre personnage, tel que le voit peut-être notre ami Mantegazza… Un homme ambigu, qui se mêle de ce qui ne le regarde pas et soulève des lièvres…

Il sourit :

— Et lui-même, qui est-il ? Dites-nous qui vous êtes vraiment, Mantegazza ! Allez ! Dévoilez-vous !

La sonnerie retentit.

— Je compte sur vous, dit la directrice à Paolo, soudain autoritaire.

*

Paolo se rendit à son cours d'un pas lent. Qu'avait voulu dire Nadelmann ? Il était né en Autriche. Trente était à deux pas de la frontière. L'Alto Adige avait été germanophone. Nadelmann séjournait-il par extraordinaire à Trente, lorsque était sorti cet article dans *La Gazzetta del Trentino* ? C'était en juin 1984. Il aurait pu tomber sur un exemplaire qui traînait dans un café... À sa connaissance, Nadelmann ne parlait pas italien... En tout cas pas au point de pouvoir aisément lire un article qui faisait deux pages... Mais, il aurait pu demander à ce qu'on le lui traduise... C'était un esprit curieux... Par chance, la photo que le journal avait publiée datait de quinze ans, il était imberbe, très maigre... On aurait difficilement pu le reconnaître.

Un souvenir lui vint en mémoire, qui le glaça. Cela s'était passé cinq ans plus tôt, en automne. Ils étaient à l'office. La radio avait annoncé que le lauréat du prix Nobel de littérature était Jaroslav Seifert, un poète tchèque. Nadelmann était le seul autour de la table à le connaître. Il avait lu ses poèmes dans leur traduction allemande. Selon lui, ils ne valaient pas un Nobel. Choix politique ! Soudain, le voilà qui s'emballe, comme si une idée lui traversait l'esprit : « Bien sûr, tous les lauréats du Nobel de littérature n'étaient pas vraiment des écrivains. Prenez Churchill. Ou même Canetti. » Puis, se tournant vers Paolo, il lui avait demandé, avec son petit sourire habituel : « Vous avez lu *Masse et Puissance*, j'imagine ? Grand livre ! » Pourquoi Nadelmann avait-il cité Canetti ? Savait-il que lui-même en avait fait sa référence principale, dans sa thèse sur les Brigades Rouges ? L'article de la *Gazzetta* citait Canetti…

À l'époque, l'allusion à Canetti ne l'avait pas troublé. La discussion portait sur le Nobel de littérature, Canetti, un philosophe, avait reçu le sien trois ans plus tôt, le lien était naturel.

Soudain, ce qu'avait dit Nadelmann prenait un double sens. Sa référence à la pièce de Pirandello ? Perverse… Son besoin passé de cacher sa judéité ? Un piège, destiné à lui faire comprendre qu'ayant eu à assumer son identité, il ne voyait pas de motif à ce que Paolo n'assume pas la sienne. Avait-il sous-entendu qu'ayant connu lui-même le rejet, il ferait preuve de solidarité ?

Fallait-il qu'il s'ouvre à lui et obtienne une promesse de discrétion en échange d'un aveu ? Y avait-il danger ou voyait-il le démon partout, depuis l'arrivée de Renato à l'Institut ?

Institut Alderson,
à la salle à manger

Jeudi 7 septembre

Le feuillet était dans sa poche, plié en quatre. À quelques minutes de quatorze heures, il irait le punaiser au tableau d'affichage du secrétariat, la directrice allait lui faire la guerre et ces deux garçons allaient s'étriper pendant les trois mois que dureraient les répétitions. Mais de cela, il n'avait cure. Il repensa à Nadelmann et à ses sous-entendus. Il pourrait lui poser la question sans se dévoiler : et l'Autriche, elle ne vous manque pas ? Peut-être répondrait-il que non… Ou à l'inverse, qu'elle lui manquait… Qu'il allait en humer les senteurs dans le Haut Adige… À Trente, par exemple… Il se pouvait aussi que Nadelmann lui retourne le compliment, en accompagnant de son petit sourire quelques mots cruels : Et à vous, cher Mantegazza, elle ne vous manque pas, l'Italie ?

Non. Interroger Nadelmann était une idée stupide.

Il lança un regard en direction de Petros et s'approcha de sa table :

— Est-ce que l'une de ces demoiselles voudrait bien changer de place avec moi ?

Il s'assit face à Petros. C'était à lui et à Renato qu'il voulait s'adresser, mais il était content que les autres écoutent ce qu'il avait à leur dire. Il savait qu'ils s'en feraient l'écho dans toute l'école et qu'ainsi l'honneur des deux garçons serait sauf :

— Pirandello a posé un piège dans sa pièce.

Petros et Renato le regardèrent sans comprendre.

— Ne me dites pas que vous ne l'avez pas remarqué !

Avec son idée que toute vérité porte en elle sa propre mise en cause, il avait construit une pièce où le premier rôle n'était pas le premier rôle...

Renato comprit que Mantegazza allait reprendre ses arguments, jeta un coup d'œil à Petros et vit que ses traits s'étaient durcis. Cette histoire sent l'arnaque, devait-il se dire. Un truc entre Ritals.

— Je ne vous ferai pas l'injure de caractériser les deux rôles. Chacun de vous les a parfaitement saisis, je l'ai constaté à l'audition. Et chacun serait à même d'incarner l'un ou l'autre de ces personnages, vous en avez tous deux le talent.

Mais il devait faire un choix et il avait décidé de le fonder sur leurs tempéraments :

— Petros, tu as l'impétuosité de Ponza. Et toi, Renato, la retenue de Laudisi. Voilà comment j'ai décidé de distribuer les rôles. Le succès de l'un dépendra du succès de l'autre. Dans cette histoire, il y aura deux gagnants ou deux perdants. Serrez-vous la main en loyaux partenaires.

Les deux garçons s'exécutèrent, Paolo se leva, João réprima un sourire et les deux filles restèrent bouche bée.

Lutry, le long de la Grand Rue

Jeudi 7 septembre

Je suis peut-être allé un peu loin, avec Mantegazza, se dit Nadelmann.

Il sourit, tout en chantonnant :

Wien, Wien, nur du allein,
Sollst stets die Stadt meiner Träume sein

Vienne, Vienne, il n'y a que toi
Qui puisses être la ville de mes rêves

Une valse du temps de sa jeunesse…

À l'Université de Vienne, l'antisémitisme était une banalité. Après avoir subi d'inqualifiables humiliations de la part de ses collègues, il avait décidé de ne plus revoir la ville. Jamais. Ce n'était pas qu'il n'aimait plus Vienne. Il l'aimait trop. Impossible de s'imaginer au Prater ou au Ring sans souffrir. Rien ne pouvait remplacer Vienne dans son cœur. Il n'en gardait pas seulement la nostalgie, il restait imprégné d'elle, de son parfum, de son insouciance, de sa légèreté. *Wien, Wien, nur du allein*, ce n'étaient pas que des mots.

Cinq ans plus tôt, il avait fait une tentative de rapprochement en allant passer quelques jours d'été dans l'Alto Adige, ancien territoire d'empire. Il savait que l'allemand qu'on y parlait se rapprochait de celui d'Autriche, par sa mélodie et ses intonations. Il y avait trouvé une gentillesse et une simplicité qui lui étaient chères, celles du Vorarlberg ou des environs de Vienne, là où la ville devient campagne, puis, très vite, montagne.

La lecture d'un numéro de la *Gazzetta del Trentino* avait fait l'effet d'un coup de massue. Le journaliste bouclait une série d'articles sur les figures de proue des Brigades Rouges par un portrait de Paolo Rivolta, tête pensante du mouvement. Son italien était suffisant pour le mener au bout de l'article. Au fil de sa lecture, mille détails lui venaient en mémoire, des bribes de conversations, deux ou trois remarques de Paolo à propos de Canetti, chaque fois très à propos, une façon d'aborder les discussions, aussi, d'attaquer les problèmes très en amont. Sa lecture achevée, une chose était claire : Rivolta et Mantegazza ne faisaient qu'un.

Il l'aimait bien, Mantegazza. Il l'avait vu à l'œuvre aux répétitions, c'était un homme sensible, généreux, un Mensch, qui avait voulu changer l'ordre des choses dans l'Italie d'après guerre. Le pays avait beau être prospère et chantant, lui-même ne ressentait pas à son égard un amour immodéré. Il n'avait pas oublié les années trente et quarante, l'axe Rome-Berlin, les amitiés hitlériennes de Mussolini, ses lois raciales, calquées sur celles de l'Allemagne nazie. Les Brigades avaient de quoi se révolter, et deux fois plutôt qu'une, contre les complaisances d'une bourgeoisie dominatrice, inculte et méprisante. Les émigrés du Sud qui montaient chercher du travail en Lombardie n'avaient pas la moindre chance de s'en sortir. La démarche des brigadistes était non seulement sincère, elle était juste. Mais l'idée centrale de leur réponse était d'une candeur confondante. Penser abattre la Démocratie chrétienne… Le parti qui contrôlait le pays… Fallait-il être naïf ! L'article de la *Gazzetta* explicitait comment, en s'appuyant sur la pensée de Canetti, Mantegazza lui-même, c'est-à-dire Rivolta, avait magnifiquement démontré la naïveté des thèses brigadistes.

Nadelmann avait décidé de n'en parler ni à Paolo ni à la directrice. Elle n'aurait pas manqué de le licencier, ce qui aurait été d'une grande injustice. Mais voilà qu'intervenait un élément nouveau. La présence à l'école du fils Barro. Mantegazza prenait un risque inconsidéré à se rapprocher de ce garçon… Il était à deux doigts de se brûler les ailes.

Alors, Nadelmann essayait de l'avertir. À la viennoise, avec ironie.

Dans la chambre de Renato

Jeudi 7 septembre

Lettre de Renato à Rosa :

Ma chère Rosa,

Je l'ai ! Premier rôle ! J'adore Mantegazza ! Et toi aussi, je t'adore, ma Rosa !

Ma mère a eu raison de me mettre dans cette école.

Je t'embrasse mille fois, ma Rosa !

Ton Tinetto

Lutry, Grand Rue 4,
chez Adolf Nadelmann

Jeudi 7 septembre

Les fins de soirée étaient pour Nadelmann des instants de grâce. Il se préparait un thé et lisait un poème d'un des grands écrivains allemands. Un seul, jamais deux. Multiplier les plaisirs, c'était les banaliser.

Il le choisissait avec appréhension, comme on hésite devant une boîte de confiseries, sachant que toutes sont délicieuses mais qu'on n'en mettra qu'une seule en bouche.

Nadelmann lisait d'abord le poème dans son entier, à voix haute, pour la joie d'être bercé par la musicalité d'une langue chargée de souvenirs douloureux et pourtant merveilleuse. Il reprenait ensuite le poème, s'arrêtait sur tel ou tel passage, le relisait, toujours à voix haute, à l'affût d'une nouvelle consonance qui pourrait l'aider, par sa mélodie, à en approfondir le sens.

Son choix se porte sur l'un des *Derniers Poèmes* de Hölderlin. Il ferma les yeux quelques instants, le lut à voix soufflée, comme une confidence, et ferma les yeux à nouveau.

Il pensa à Paolo, qui, malgré sa grande intelligence, refusait de voir les risques considérables qu'il encourait à établir avec Renato des liens aussi étroits. Il se souvint de Mme Hugues à son arrivée à l'Institut. Une loque, détruite par des années d'aveuglement sur les frasques de son mari. Il pensa à son propre père, qui l'avait affublé d'un prénom allemand, aussi allemand que pouvait l'être un prénom. Adolf... Cruelle ironie. Son père qui se sentait plus autrichien que l'empereur et mourut gazé à Auschwitz. Il pensa à la charmante Josy, qui, sous ses sourires forcés, cherchait à nier l'amertume que lui causait son exil en terre vaudoise, où elle ne prendrait jamais racine.

Il n'y avait pas que le petit Renato à souffrir d'hypoacousie...

Là était bien le premier malheur des hommes. Leur déni de réalité.

Il repensa aux différentes étapes qui avaient marqué sa vie. À ses années de thèse sur Hölderlin, les plus belles, conclues dans l'opprobre. À son exil de Vienne. À sa fuite aux États-Unis. Aux mille métiers qu'il avait dû exercer pour survivre. À ce poste de professeur d'une langue chargée de souvenirs si douloureux, et pourtant, tant aimée.

Sa vie avait été un sentier escarpé chargé de ronces sur lesquelles ses illusions s'étaient accrochées, l'une après l'autre. Au moins se trouvait-il à son sommet, débarrassé d'elles, libre, pour le temps qu'il lui restait à vivre, d'écouter le vent siffler, dépouillé de toute illusion. Sans doute avait-il fallu qu'il s'appauvrisse ainsi, pour être heureux comme il l'était à cet instant, éperdu de bonheur à la lecture de l'un des plus beaux poèmes du monde, écrit dans une langue où éclataient à la fois la lumière et le désespoir.

Lausanne, Studio Josy

Samedi 9 septembre

— So you are Renato !

Elle avait prononcé son prénom à l'américaine, « Raynahdo », en hochant la tête de surprise, tant le garçon qu'elle avait devant elle différait de celui qu'elle avait imaginé. Paolo lui avait parlé d'un garçon brillant et réservé. Il aurait pu la préparer au choc... Elle n'avait jamais vu plus beau visage :

— Come in, entrey ! Are you Greek ?

Renato baissa les yeux :

— Italian.

— But you look Greek !

Elle le regarda en souriant durant de longues secondes, puis, d'un coup, prit un ton très sérieux :

— Ok ! On parle français. Let's sit down. What can I do for you ?

Elle se dirigea vers un vieux canapé situé au fond du studio, où ils prirent place côte à côte. Pendant que Renato lui faisait part du conseil de Mantegazza, il la dévisageait à coups d'œil furtifs. Qui était cette femme aux lèvres ourlées et à la peau mate ?

— Tu sais d'où vient le hip-hop ? De mon pays. Et même de mon quartier. By the way, il faut me dire tu (elle dit : *tiou*). Tout le monde me dit *tiou* et m'appelle Josy.

Elle était née dans le Bronx, d'une mère black et d'un père ashkénaze qu'elle n'avait pas connu. Le hip-hop avait surgi sous ses yeux. Il offrait aux garçons de son quartier une façon de canaliser leurs frustrations et leur colère. S'il s'était répandu dans le monde entier, c'était la preuve qu'il avait en lui une composante artistique. Mais il ne fallait pas s'y tromper, cette danse était chargée de violence :

— Tu enlèves la violence et il n'y a plus rien. Une danse de canard.

Si Mantegazza lui avait suggéré de ne pas s'inscrire à son cours, c'est bien parce qu'il y régnait un esprit de compétition. Certains internes supportaient mal d'avoir été placés à Alderson comme des pions, « see what I mean ? ». Le hip-hop leur donnait la possibilité d'expulser leur besoin de revanche. Et la présence des filles ajoutait à la tension. Elles observaient les garçons, les évaluaient, et cela créait une atmosphère fascinante :

— Avec des stars, see what I mean, des João ou des Petros, qui veulent être les big chiefs. Le hip-hop, c'est le royaume des révoltés. Et toi, tu es révolté ?

Renato la regarda, l'air interrogatif.

— Of course not ! conclut Josy en éclatant de rire. Paolo m'a dit que tu es fou de théâtre. What else ? Qu'est-ce que tu aimes ?
— La montagne.

Elle hocha la tête lentement, comme elle l'avait fait en l'accueillant. Paolo aussi aimait la montagne. C'était en montagne qu'ils s'étaient connus.

Elle voulait bien lui donner quelques cours de hip-hop, cela l'aiderait à intégrer le groupe sans provoquer trop de sarcasmes. Mais il fallait qu'il y mette du sien. Et pas à l'économie, « see what I mean ? ». Cette danse exigeait de la vitesse et de la grâce, sans oublier le goût de révolte. Le hip-hop était la réponse des jeunes blacks aux policiers blancs. Renato devait s'imaginer devant des flics qui voulaient l'arrêter pour ce qu'il était, pas pour ce qu'il avait fait, see what I mean ? Comment réagir ? En se dressant de tout son corps contre ces policiers fascistes. Même chose face au public. Le danseur devait avoir un air provocateur, bras croisés, le regard hostile, arrogant. Sinon, « forget the hip-hop, see what I mean ? ». Par ses mouvements de bras ou d'épaules, par sa vitesse d'exécution, il devait représenter une menace, prêt à régler son compte à qui se trouvait devant lui :

— « You're talking to me ? », « C'est à moi que tu parles ? ». Comme De Niro dans *Taxi Driver*, le film, see what I mean ? Voilà ce que le danseur de hip-hop dit en permanence.

Elle quitta le canapé :

— On commence sans musique, ok ? Viens à côté de moi. On est face au public, jambes écartées, pieds posés sur un axe horizontal. One, two, three, et hop.

Elle posa la jambe droite devant la gauche, pencha le corps vers l'arrière et lança les deux bras tendus derrière elle, avant de les ramener en les croisant et d'inverser le mouvement. Elle répéta la séquence quatre fois :

— One, two, three, four, one, two, three, four... Essaie.

Renato exécuta les mouvements sans grâce ni puissance.

— Pas mal, dit Josy. On continue.

La séquence suivante consistait à mettre une jambe devant l'autre, tout en restant dans l'axe.

— Comme une figure de charleston, très vite !

Cette fois-ci, elle bougeait les bras en alternance, devant et derrière, roulant les épaules et inversant le côté par rapport à la jambe. Elle répéta la séquence quatre fois :

— À toi !

Il exécuta le pas sans erreur, mais à nouveau sans fluidité ni puissance.

— Ok ! Regarde.

Elle refit le mouvement, cette fois très doucement :

— Tu as vu comment j'ai bougé mes bras et mes épaules ? Tu connais l'expression « rouler des mécaniques » ? C'est l'idée. Tu dois faire comprendre au flic que malgré son pistolet, toi, le petit black, tu l'emmerdes.

Elle le regarda. Ce pauvre « Raynahdo » n'était pas de cette trempe. Mais pas question d'abandonner ce garçon si beau qui n'avait ni la force ni le caractère requis pour faire du hip-hop :

— Je te montre un exercice avancé, d'accord ? Just for fun.

Elle s'accroupit, posa la main droite à plat sur le sol, le coude sur la hanche et appuya la tête au sol en écartant les jambes tant qu'elle put. Soudain, elle les souleva, bascula l'une derrière l'autre, puis, prenant de l'élan, inversa le mouvement et partit en vrille dans le sens opposé, jusqu'à faire un tour complet, comme un ressort que l'on lâche. Elle répéta le mouvement plusieurs fois, cessa de prendre appui sur la tête, et l'on aurait dit qu'elle déployait soudain une force inattendue. Elle s'arrêta au bout de cinq rotations, à peine essoufflée :

— Ça s'appelle la coupole. Tu crois que j'ai une force surhumaine, n'est-ce pas ?

Il la regardait, muet.

— Je suis une petite chose, reprit Josy. Ce qui compte, c'est l'agilité et la vitesse. Si je devais faire la coupole lentement, je n'y arriverais pas. Le hip-hop, c'est comme de la magie. Tu fais les choses avec une telle vitesse... On se dit : il a une force de géant.

La *street dance*, c'était l'expression festive des *street smart*, ceux qui avaient l'intelligence et la vivacité acquises dans les rues du Bronx, à devoir se débrouiller avec les moyens du bord. C'était une danse pour astucieux :

— See what I mean ? Allez, on refait les deux premiers exercices.

Elle lui décortiqua les mouvements et il les enchaîna en besogneux. Lorsqu'il s'arrêta, elle le regarda avec tendresse. Ce garçon était fait pour le hip-hop comme elle pour le couvent.

Ils retournèrent s'asseoir.

— Il y a quelque chose que tu dois comprendre, Raynahdo. Le hip-hop, c'est l'opposé absolu du théâtre. Au théâtre, tu te caches derrière un personnage.

Au hip-hop, le personnage était le danseur lui-même. C'est sa personnalité qu'il exposait. Pas de texte, pas de décor, pas de costume. Le danseur devait être arrogant. Menaçant. Défiant :

— Tu es prêt pour ça ?

Les yeux baissés, Renato ne répondit pas.

Elle chercha son regard, ne le trouva pas, et cela lui plut, de pouvoir l'observer à loisir. Comment était-ce Dieu possible d'avoir un profil aussi parfait ? Et pourquoi un garçon aussi beau et intelligent était-il aussi timide ?

— Are you sure you want to continue ?

— Oui, madame, répondit Renato.

— Not madame. Josy.

Il fit oui de la tête.

— Ok. Il y a deux choses que tu dois développer, si tu veux apprendre le hip-hop.

La première était l'endurance.

— Je t'ai observé tout à l'heure. Tu es précis dans les mouvements de jambes et de bras, mais tu es lent. Quand on fait de la montagne, on prend son temps, I know, I know… Tu fais de la course ?

Il lui répondit qu'il avait commencé le jogging sur le conseil du professeur Mantegazza.

Elle le savait :

— C'est bon pour l'endurance, et l'endurance, c'est bon pour le hip-hop.

Mais ce n'était pas suffisant. Il fallait qu'il pousse des pointes de vitesse sur cinquante ou cent mètres, et qu'à ces instants il donne absolument tout ce qu'il avait comme puissance. Son autre problème majeur était sa rigidité :

— J'ai peut-être une idée, dit Josy en se levant. Viens samedi prochain, on en discutera.

À la porte du studio, Renato tendit la main :

— Au revoir, madame.
— Josy.
— Josy, répéta Renato, les yeux baissés.

Lausanne, place Saint-François

Samedi 9 septembre

Renato n'avait pas quitté le studio depuis cinq minutes que Josy enfila des baskets, prit ses clés et sortit en courant. Elle avait soudain une envie folle de revoir ce garçon, de l'écouter, de le regarder.

Elle le chercha à l'arrêt du bus pour Lutry. Il n'y était pas.

Il avait peut-être décidé de flâner, rue de Bourg. Elle la remonta tout entière, courant presque, et ne le trouva pas. De guerre lasse, elle rentra d'un pas lent par l'avenue Benjamin Constant.

Qu'est-ce qui lui avait pris, à Paolo, de lui envoyer un garçon si bouleversant ?

Sur le chemin du bord du lac, entre Lausanne et Lutry

Samedi 9 septembre

Il n'était pas fait pour la *street dance*. Il n'en avait ni le physique ni la motivation. Quant à vouloir impressionner qui que ce soit, l'idée même lui parut cocasse. Mais la dame semblait y croire. Mantegazza devait bien la connaître, pour avoir obtenu un rendez-vous si vite. Le samedi après-midi, en plus… Il l'avait sans doute prévenue : « Il est nul, mais telle que je te connais, tu devrais arriver à lui inculquer deux ou trois pas, histoire qu'il ne se rende pas ridicule aux yeux des autres. »

Il repensa à Josy. Le Bronx chez les vignerons vaudois. Que pouvait bien chercher à Lausanne une femme comme elle ?

À mi-chemin de l'Institut, alors qu'il passait par le port de Pully, il se dit qu'il pourrait y croiser Mantegazza, et cette perspective lui procura un plaisir inattendu.

Lausanne, dans le studio de Josy

Samedi 9 septembre

C'est étrange, comme ces deux-là se ressemblent, pensa Josy. Même délicatesse, même vulnérabilité... Quelque chose d'indéfinissable, aussi. Un retrait qui, par moments, les mettait hors d'atteinte.

Elle se souvint de la première fête de fin d'année qu'elle avait passée avec Paolo. Tout semblait merveilleux. Paolo était raffiné, attentionné, libre, aussi, pas de ces hommes « sur le point de divorcer car ils n'en peuvent plus », et qui six mois plus tard, avec des trémolos dans la voix, s'excusent et déclarent qu'ils sont à nouveau amoureux de leur femme. Il était bon amant, fou de montagne, bon skieur...

Ils s'étaient connus durant l'été à Chandolin et avaient décidé d'y retourner pour les fêtes. Une fin d'après-midi, au bar de l'hôtel, après avoir lié conversation avec des voisins de table, un couple de Genevois, elle avait lancé : « I just love Chandolin. »

S'était-elle emmêlée dans la prononciation des voyelles ? Sans doute, car le Genevois avait éclaté de rire :

— Chandolin, pas Chandolon !

Il leur avait expliqué que Chandolon, ou plutôt Champ-Dollon, était le nom de la prison, à Genève. Le visage de Paolo s'était rembruni. Plus tard, au dîner, elle avait lancé : « Tu sais que tu me fais penser à certains gays de New York ? » Paolo l'avait regardée, l'air inquiet. Elle avait éclaté de rire : « Je ne dis pas que tu es gay ! » La comparaison tenait à sa connaissance de la communauté homosexuelle new-yorkaise. Il y avait les « gay gays », ceux qui assumaient leur homosexualité, et les « sad gays », les tristes, qui vivaient sans cesse dans la crainte de se dévoiler.

Il s'était tu pour le restant du repas, et Josy n'avait rien compris à ce mouvement d'humeur. Ce soir-là, ils n'avaient pas fait l'amour. Le lendemain, la journée s'était mieux passée, et le surlendemain, leur relation avait retrouvé son climat habituel.

Elle comprit pourquoi Renato la renvoyait à l'épisode de Chandolin. Il y avait chez lui un mystère. Comme chez Paolo.

Et puis il était si attachant.

Lutry, dans l'appartement de Paolo

Samedi 9 septembre

Depuis deux heures que Paolo annotait la pièce, chaque réplique de Laudisi le renvoyait à Renato. Il le revoyait debout sur scène, piquant, mordant, impeccable… Ce garçon était une merveille.

Arrivé à la dernière réplique :

Vous vous regardez tous dans les yeux, pas vrai ? La vérité ? (Il éclate de rire). Ah ! ah ! ah ! ah !

Il s'étira, étendit les jambes et ferma les yeux. Quelle serait la réaction de ce garçon s'il apprenait la vérité sur son compte ? Une vérité qui se révélait sur une feuille de papier arrachée à un cahier d'écolier, que les carabiniers avaient trouvée à Cagliari, dans la planque de l'un des ravisseurs. On pouvait y lire six noms, tapés l'un au-dessous de l'autre sur une machine à écrire mécanique aux caractères inégaux. Six noms, numérotés de 1 à 6, inscrits par patronyme, suivi du prénom. Au-dessus de la liste figurait un titre : *Precedenze. Priorités.* Au premier rang, Paolo avait tapé : *Barro Francesco.* Les cinq autres étaient ceux de grands noms de la Lombardie (deux), du Piémont (deux), et de la Vénitie, tous de riches industriels en biens de grande consommation.

Kidnapper un banquier n'aurait pas suscité la même compassion qu'enlever un homme dont le patronyme rappelait un bonheur du quotidien. Pas de financier, pas de patron d'assurance. Pas de très grand patron non plus, pour des raisons pratiques. Enlever Gianni Agnelli aurait fait l'effet d'une bombe atomique qui explosait Piazza del Duomo. Mais Agnelli était sans cesse protégé par de nombreux gardes du corps. Le sang aurait coulé. Il fallait cibler des industriels fortunés d'un cran au-dessous. Des Francesco Barro, des Alberto Alemagna, des Paolo Buitoni…

Il avait tapé une liste de six noms et l'avait remise à Franco Tisi. Cinq ans plus tard, Tisi et Vincenzo Monti allaient tomber sous les balles des carabiniers.

À San Vittore, la nouvelle avait fait l'effet d'une bombe. Au repas du soir, les détenus se répétaient : « *Sono morti Tisi e Monti* », l'air de ne pas y croire. Si les carabiniers avaient retrouvé les deux hommes à Cagliari, c'était du fait de leur négligence. Durant la détention de Barro, ses geôliers l'avaient nourri de sardines et d'anchois emballés sous la marque des supermarchés Standa. Il en restait quelques boîtes dans la cuisine de leur planque. La police avait enquêté auprès de la chaîne. Y avait-il un magasin où auraient été achetées des quantités inhabituelles de ces produits durant les deux mois de captivité de Barro ? Les sorties de stock, comparées aux descriptions obtenues des caissières, avaient permis d'identifier Tisi et Monti, déjà fichés mais pas recherchés. Ils avaient payé cette imprudence de leur vie.

Il n'empêche. La « doctrine Rivolta », qui recommandait des enlèvements « à caractère familial », venait bel et bien de Paolo. C'était lui qui avait suggéré d'enlever Francesco Barro. Et c'était lui qui avait tapé la liste. Si Tisi ou Monti étaient restés vivants, son nom aurait été dévoilé. Arrêté à nouveau, il serait retourné en prison. Certes, il n'y avait pas eu meurtre, mais leur acte était pire encore que celui de donner la mort. Ils avaient acculé un homme au désespoir au point qu'il s'était chargé de la sale besogne.

Il ferma le volume et regarda sa montre. Il avait encore le temps de participer au repas. Il y retrouverait Renato, et cette perspective lui procura un plaisir qui le déconcerta.

Dans la chambre de Renato

Dimanche 10 septembre

Cara Mamma,

Le dimanche matin, chaque élève doit écrire à ses parents. Donc, je t'écris !

Les premiers jours ne se sont pas trop mal passés. J'aurai des problèmes avec un Grec, Petros, le fils Karamaounas, j'imagine que le nom te dit quelque chose.

Pour le théâtre, je me suis vu attribuer le rôle de Laudisi, Rosa a dû te le dire. Mantegazza s'est montré gentil et même plus. Je crois que j'ai fait une bonne impression à l'audition, je le dis pour que tu ne penses pas que j'ai eu le rôle parce que tu as sollicité la directrice dans ce sens (j'espère que tu ne lui as pas fait de chèque). Et ce n'était pas facile. La vedette, ici, pour le théâtre, pour le poker, pour les filles, pour le hip-hop, pour tout, c'est ce Petros.

Mantegazza m'a conseillé de faire du jogging et de prendre des cours de street dance. Tu as une idée de ce que c'est ? Ça m'étonnerait. Très physique ! C'est

Mantegazza lui-même qui m'a organisé un cours privé avec Josy, une noire américaine qui enseigne la danse à l'école. Elle a un studio en ville, j'y ai été hier. Au dîner, il m'a demandé comment s'était déroulé mon cours, si je m'étais bien entendu avec la prof, si ce n'était pas trop décourageant, car le début est difficile, tout ça très gentiment, après m'avoir pris de côté. Je le trouve super. La Josy est sympathique. Je pensais qu'elle avait vingt-huit ou trente ans, il paraît qu'elle en a quarante-deux. Ton âge, sorry, Mamma.

J'espère que tu vas bien,
Je t'embrasse,
Ton fils,
Renato.

P.-S. Écris-moi souvent, même des lettres courtes. Chaque jour, au déjeuner, on distribue le courrier. C'est important de ne pas se sentir « mis au dépôt », si tu vois ce que je veux dire. Demande aussi à Rosa de m'écrire (même si...).

Entre Lutry et Lausanne

Dimanche 10 septembre

Renato s'assura qu'il n'y avait personne sur une centaine de mètres, s'élança, courut en y mettant toutes ses forces et s'arrêta à mi-parcours, hors d'haleine.

Une fois retrouvé son souffle, il repartit à petits pas. Il lui restait neuf kilomètres, autant ménager ses forces. Il tenterait une pointe de vitesse au retour, le long du quai d'Ouchy, où la chaussée était asphaltée.

Par chance, personne ne l'avait vu souffler comme un désespéré... Il poursuivit sans trop de peine jusqu'au port d'Ouchy, regarda si Mantegazza se trouvait dans le voisinage, ne le vit pas et s'assit sur un banc. Il y resta une demi-heure, aux aguets, jeta un coup d'œil aux alentours et rentra d'un pas lent.

Dans la chambre de Renato

Dimanche 10 septembre

Chère Rosa,

Dans une lettre de ce matin, j'ai demandé à maman de m'écrire souvent, car ici, celui qui reçoit beaucoup de courrier est envié. Le feras-tu aussi ? Je sais que tu n'aimes pas !

Ce matin, j'ai fait mon premier « jogging ». Pas terrible.

Je t'embrasse très fort, écris-moi,

Ton Tinetto

P.-S. : J'espère que ton tête-à-tête avec ma mère se passe bien…

Dans l'appartement de Paolo

Lundi 11 septembre

Au retour de l'Institut, Paolo trouva dans sa boîte aux lettres une enveloppe marquée du sigle de l'Université de Trente. Il l'ouvrit avec fébrilité et, debout dans le hall de l'immeuble, lut la lettre qu'elle contenait.

Carissimo,

Je ne vois pas comment un adolescent confiné dans un internat suisse pourrait t'inquiéter. Je suis plus préoccupé par ton propre sentiment de culpabilité et par ce qu'il pourrait déclencher en toi comme besoin de rédemption.

Tu as chèrement payé tes fautes : un long séjour en détention et une thèse formidable qui a démontré ta bonne foi. Voilà qui suffit.

Je comprends ton émotion et l'attachement que tu peux ressentir face à ce garçon, sans doute merveilleux. Mais si tu permets un conseil, ne t'investis pas dans une relation affective. Elle t'amènerait à rechercher le pardon. Elle pourrait même t'inciter à te dévoiler. Ce serait stupide.

Je te serre dans mes bras,

Carlotto

Bachmann était son ami de toujours. Celui qui l'avait mis sur la piste de Canetti. Celui qui avait pris l'initiative de lui refaire son diplôme au nom de Mantegazza… Sans lui, tourner la page aurait été impossible. Et pourtant, Paolo, lui, l'avait trahi. Par omission, mais trahi quand même. Bachmann ne savait pas qui était l'auteur de la liste retrouvée par les Carabinieri. Il ne pouvait pas le savoir, car personne de vivant ne le savait. « Ce n'est pas vous qui avez poussé Francesco Barro dans l'Adige », aurait dit l'avocat général si Tisi et Monti étaient encore de ce monde. « C'est votre doctrine, c'est cette liste, établie par vous, qui l'ont envoyé à la mort. Mesdames et Messieurs du jury, le commanditaire du crime est devant vous. »

Lorsque Bachmann le mettait en garde contre un « besoin de rédemption », il ne pouvait pas savoir combien était grand le péché. Mais il avait raison, bien sûr. Le besoin de rédemption menait au désir de se dévoiler, et rien n'aurait été plus stupide.

Il resta pensif, les yeux sur la lettre, finit par la mettre dans sa poche et monta à son appartement.

Institut Alderson, dans l'office adjacent à la cuisine

Mercredi 13 septembre

La récréation touchait à sa fin quand la directrice s'adressa à Paolo, l'air joyeux :

— C'est bien aujourd'hui que débutent vos répétitions ?

Alors que Paolo le confirmait, il vit Nadelmann esquisser un sourire.

Il s'approcha de lui :

— Si vous souhaitez assister à la répétition, vous y serez le bienvenu. Vous y veniez souvent, dans le passé.

Nadelmann le remercia. Paolo devait être content de retrouver un peu de son pays : une pièce italienne, un premier rôle attribué à un élève italien…

Pris de court, Paolo lui lança :

— Et vous, l'Autriche ne vous manque pas ?

— Moins maintenant que durant la guerre, pour être franc. Quand votre pays vous est interdit, c'est là où il vous manque le plus.

Paolo le regarda sans broncher.

— Bien sûr, ajouta Nadelmann, toujours souriant, c'est là un sentiment que vous ne pouvez pas connaître. L'Italie ne vous a pas chassé.

Auditorium

Mercredi 13 septembre

Ils étaient sur scène, assis en demi-cercle.

— Soyons au clair, c'est une lecture « italienne », annonça Paolo. Les répliques se feront à voix blanche. Pas d'effets. Je le dis aussi pour ceux qui sont dans la salle, il s'agit d'une séance de travail. Nous ne jouons pas la pièce, nous la lisons. Merci de ne pas manifester.

Il s'assit face aux acteurs et leur jeta un coup d'œil circulaire :

— On y va. Renato, c'est à vous.

Donc, il est allé rouspéter auprès du préfet ?

Enfin, Lambert, dit celle qui jouait Aurélie*, c'est un de ses subordonnés.*

C'était récité d'un ton neutre, sans hésitation ni ostentation.

Paolo laissa les élèves dérouler leurs premières lignes. La tête légèrement penchée en direction de Renato, Petros gardait les yeux baissés.

Durant la première longue réplique de Laudisi, Renato ne porta pas même un regard à son texte. Il le connaît déjà par cœur, se dit Paolo. Ce garçon est exceptionnel.

Au terme de sa tirade, celle qui jouait Dina lut sobrement sa réplique et la suite se déroula sans encombre, Renato réfrénant toujours les émotions de son personnage. Même lorsqu'il eut à rire aux éclats, il le fit d'un ton neutre :

Ah ! ah ! ah ! Avec votre permission, madame…

Ou encore :

Ah ! non, chère madame, permettez-moi d'être d'un autre avis !

Petros croisait et décroisait les jambes, impatient que son personnage intervienne. Un lèche-bottes, ce Renato. Des répliques servies sans la moindre saveur. Quand viendrait son tour, il allait faire regretter à Mantegazza d'avoir confié le rôle de Laudisi à un perroquet. S'il avait demandé à ce que le texte soit lu sans effets, c'était pour ceux qui avaient besoin de temps pour pénétrer leur rôle. Mantegazza n'allait quand même pas être contrarié parce que l'un des acteurs avait d'emblée saisi son personnage !

Dès sa première réplique, il adopta le ton agité de Ponza :

Merci. Il me faut cinq minutes, pas une de plus.

Son *Madame Frola est folle*, affirmé avec force, était surjoué.

Le mot de la fin revenait à Renato :

Vous vous regardez tous dans les yeux, pas vrai ? Vous cherchez la vérité, n'est-ce pas ?

Le texte disait qu'à cet instant il devait partir d'un éclat de rire, et Renato se contenta de dire les mots d'une voix blanche.

Après les répliques très vivantes de Petros, son intervention parut fade. Il y eut un court silence, Paolo se leva, remercia tout le monde et donna ses instructions en vue de la prochaine répétition.

— Tu étais magnifique, dit une fille à Petros lorsqu'ils se retrouvèrent dans le parc.

Très vite, ils furent une dizaine à l'entourer. Renato marchait quatre ou cinq pas derrière eux, suivi de Paolo. Petros sourit à la fille.

— C'est vrai, renchérit une autre. Nous étions plusieurs dans la salle à être impressionnées.

— Moi, dit la première, j'ai trouvé le jeu de Renato un peu froid.

— Je dirais même glacé, lança une voix.

— Renato il gelato, lança Petros.

Le groupe éclata de rire :

— Génial !

— Ça lui va bien !

Plusieurs élèves se mirent à répéter à tout-va des « Renato il gelato ».

João s'approcha de Petros :

— Arrête tes conneries, s'il te plaît.

C'était dit d'un ton calme.

Petros le toisa :

— M'emmerde pas, on s'amuse.

— Mais bien sûr ! lança une fille.

— Casse pas les pieds, João, lança une autre.

João s'écarta, et tous prirent le chemin du bâtiment principal.

Lorsqu'il retrouva Renato dans leur chambre, il l'informa du jeu de mots :

— Autant que tu le saches, ça risque de faire boule de neige. Si tu veux que je lui casse la gueule, ce n'est pas un problème.

Renato le remercia. Pourquoi punir Petros d'avoir dit une vérité ? Après tout, dans sa famille, ils étaient marchands de glace.

Il sourit :

— Et même de père en fils.

Dans la chambre de Renato

Vendredi 15 septembre

Lettre de Renato à Rosa :

Rosa ! Rosa ! Rosa !

J'espère que j'arriverai à écrire cette lettre jusqu'au bout, tant je suis excité !

Hier, après le repas du soir, Mantegazza s'approche de ma table, mais seulement une fois que tout le monde est debout, tu vois, et là, il me glisse : Reste deux minutes.

Ce type est génial, je te l'ai dit !

Le repas ne s'était pas bien passé, et lui, de sa place, avait tout suivi, les petits sourires des copines de Petros (tu sais, les trois grâces), les chuchotements, bref, à part João, tous se moquaient de moi. Mantegazza me dit : Tu es au courant, pour l'étiquette que t'a collée Petros, « Renato il gelato » ? Je lui réponds que oui, que João m'a même proposé de lui casser la figure. Mantegazza hoche la tête, l'air préoccupé. À sa table, deux élèves s'étaient amusés du sobriquet. Et là, il me dit deux choses, je résume : 1. – Il ne faut pas que je laisse l'étiquette se coller à moi. Et 2. – Ce n'est ni à João, ni à personne d'autre, ni même à lui, Mantegazza, de régler ce problème, mais à moi seul. Je lui dis d'accord, mais comment ? Et là, il a cette réponse : Je te fais confiance ! Et il part. J'espère que tu ne vas pas te fâcher avec moi si je dis ça, mais je te jure, il me parle comme si c'était mon père. Tu crois que j'exagère ? J'imagine qu'à cet instant, tu penses à mon père, et même j'en suis sûr, mais dis-moi, qui, depuis sa mort, m'a jamais parlé avec autant de souci pour moi, à part maman et toi ? Je continue mon histoire : la nuit, j'ai une idée géniale. Tu verras. Vraiment géniale. Ce matin, à la récréation de dix heures, je cours au supermarché qui est près de l'école, place des Halles. J'achète... tu verras quoi... Au déjeuner, tranquille, je ne dis rien. Au moment du dessert, je quitte la table, vais à la cuisine chercher ce que j'avais acheté, retourne à ma table. Devant chacun, je pose une Coppa del Babbo et j'annonce : Avec les compliments de Renato il gelato. Et là ! Petros est K.-O., les trois filles ne savent pas quelle attitude adopter, João éclate de rire, et je vois Mantegazza qui observe la scène depuis sa table. Et il se met à sourire !!! Là, j'ai pensé : pourquoi m'arrêter en si bon chemin ? Alors j'ai lancé à Petros :

— Elle est délicieuse, tu peux me faire confiance !

Assez fort, tu vois, pour que Mantegazza m'écoute. Et là, lui aussi éclate de rire ! Du coup, les trois filles ne peuvent pas s'empêcher de sourire. Tu vois la scène ? Je te le dis, ce type est génial. Je voudrais tant que tu le connaisses.

Je t'embrasse plus fort que jamais,

Ton Tinett

P.-S. : Forza, Rosa, écris-moi !!!

Lausanne, Studio Josy

Vendredi 15 septembre

Josy salua ses derniers clients de l'après-midi et alla s'étendre. Comme chaque soir en semaine, elle donnait un cours dans un des internats de la région. Lundi, c'était l'American International School, mardi l'École Nouvelle de Paudex, mercredi l'Institut Alderson... Le vendredi, c'était Le Rosey, où se retrouvaient les fils et filles des plus riches de la planète.

Elle aimait son travail. Ses élèves l'adoraient. Ils l'adulaient, même. Aux États-Unis, elle aurait été considérée comme monnaie courante, une parmi des millions de filles blacks qui savaient tout du hip-hop et que les écoles payaient au lance-pierres. « *Supply and demand* », lui répétait son ancien mari. « L'offre et la demande. » À Lausanne, où il y avait peu de *supply* et beaucoup de *demand*, elle gagnait sa vie royalement.

Malgré la fatigue, elle n'arriva pas à se détendre. Renato ne quittait pas ses pensées. Bien sûr, il n'était pas fait pour le hip-hop. Aucun toupet… Aucune envie d'en découdre… Mais quelle grâce… Ce garçon l'habitait de façon étrange, à la fois chaste et troublante.

Elle s'efforça de penser à Paolo. Quelque chose de cet homme continuait de lui échapper. Comme s'il avait toujours un temps de retard dans ses réactions. Elle voulait croire que tout allait bien, et pour finir c'était elle qui se retrouvait à faire semblant. Avec lui comme avec ses élèves, lorsqu'elle s'efforçait de jouer à « nous les blacks, on a ça dans le sang, j'ai l'air d'avoir trente ans, *see what I mean*, je fais la rigolotte » et vogue la galère. Elle s'était transformée en caricature.

— I am Gabriel, from Lausanne, Switzerland.

C'était quatorze ans plus tôt, à l'hôtel Plaza de New York. Avec son amoureux de l'époque, danseur comme elle au City Ballet, elle participait à un bal de fin d'études. À leur table, Gabriel était le seul à s'être présenté à chacun en tendant la main. Elle lui avait demandé :

— Are you Swiss ?

Il avait souri :

— Very.

À New York, ils avaient formé un couple recherché, fêté. Ils étaient beaux, éduqués, hors normes…

Deux ans plus tard, à leur arrivée en Suisse, la donne avait changé. Josy avait découvert ce que voulait dire être noire dans le monde des « familles » lausannoises. Noire ou café au lait… « En Suisse, nous aurons des enfants », lui avait promis Gabriel lorsqu'ils vivaient à New York. Mais voilà, une fois en Suisse, Gabriel n'était plus Gabriel. Et Lausanne n'était pas New York. La ville n'en avait pas la dureté, mais pas la franchise non plus. Les attitudes étaient insaisissables. Lorsque Josy entamait une discussion avec les parents de Gabriel, les échanges étaient toujours brefs.

« Les enfants, c'est compliqué », lui avait dit Gabriel un soir, quelques mois après leur arrivée. Sans doute se mettait-il à la place de ses parents, terrifiés par la perspective d'avoir des petits-enfants aux cheveux crépus.

Le coup de grâce était venu sous la forme d'une chanson, un jour où elle et Gabriel étaient montés au chalet de ses parents, à Villars, passer un week-end de ski. Le chalet, charmant, était ancien et mal isolé. Le matin du dimanche, elle avait entendu son beau-père chanter à tue-tête l'un des grands succès de l'époque, dont le refrain était :

J'prends l'café au lait au lit
Avec des gâteaux
Et des croissants chauds

Sa femme l'avait interrompu : « Arrête, ce n'est pas gentil. » Il l'avait rabrouée : « Il n'avait qu'à pas la choisir café au lait. »

Josy avait exigé qu'ils redescendent à Lausanne dans l'instant. Le soir même, ils décidaient de divorcer.

Elle avait repris le « Studio » qui l'employait et vivait dans l'aisance. Sa seule contrainte était de jouer à la petite black sympa. Une vie en costume. Pas la fin du monde. Une façon, aussi, de transformer sa tare en avantage.

Son autre option aurait été de rentrer à New York, faire la queue comme tout le monde et courir le cachet.

Lausanne, sur le quai d'Ouchy

Samedi 16 septembre

C'était la quatrième fois qu'il suivait l'itinéraire du bord du lac et la dixième, au moins, qu'il se lançait dans un sprint effréné. Après avoir couru en y mettant toutes ses forces les deux cents mètres qui séparaient le Musée olympique du petit port à pédalos, il était à peine essoufflé. Sa résistance lui semblait multipliée par cent. Tout à l'heure, Josy remarquerait ses progrès, et cette perspective le réjouit.

Que lui réservait-elle comme exercice ? Elle avait eu des mots mystérieux. « J'ai peut-être une idée… »

Il décida de penser à autre chose. Le hip-hop n'était pas fait pour lui et réciproquement. Dans la demi-heure qui suivrait, Josy lui dirait poliment son fait. Tu es trop bien élevé pour le hip-hop, *see what I mean ?*

★

« So here you are ! », fit Josy.

Elle était souriante, à nouveau étonnée par la beauté de ce garçon, heureuse de le voir embarrassé devant elle :

— J'ai deux idées, pour nous. Come in. En face de moi.

Lorsqu'ils furent au milieu du studio, elle lui servit à nouveau les arguments du samedi précédent : le hip-hop incarnait l'esprit de révolte, le danseur tançait le spectateur... De cet esprit-là, « *Raynahdo* » était un « *complete stranger* ». Et puis, il y avait la question de la fluidité, un problème auquel il y avait moyen de remédier.

Elle s'approcha d'un tourne-disque, posa l'aiguille sur l'une des plages, revint au milieu de la salle et se mit à danser une sorte de hip-hop lent au son des *Variations Goldberg*. Ses mouvements étaient les mêmes que ceux du samedi précédent mais plus graciles, en harmonie avec une musique courtoise.

Renato était subjugué.

Au bout d'une minute, elle arrêta la platine :

— Tu sais ce que c'est ?

Il fit non de la tête.

— Ok. Tu as aimé ?

— Beaucoup, répondit Renato.

Le hip-hop était plus qu'une danse, une langue merveilleuse que l'on pouvait parler avec un accent différent, un jour comme ci, un autre comme ça. Et cette musique ! Tellement jazzy ! Du Bach ! Vieille de trois siècles ! *Just so elegant !* C'était sur les *Goldberg Variations* qu'elle avait dansé pour la première fois en soliste, au Lincoln Center, une chorégraphie de Cunningham…

— Tu veux qu'on essaie le hip-hop comme ça ? *Slow hip-hop.* Personne ne le fait, à l'Institut.

Il fit oui de la tête.

Elle pouvait imaginer du hip-hop sur des musiques encore plus lentes. Est-ce qu'il connaissait la troisième suite orchestrale de Bach ? Elle se mit à lui chantonner l'air : Taaa – ta – ra – ra – ra – ta – ra – ra…

Il sourit à nouveau, gêné, fit non de la tête.

— Je suis sûre que tu connais ! Je ne l'ai pas ici. C'est un rêve !

Elle se remit à chantonner, cette fois en disant les notes :

— Mi bémol – ré – ré – do – si – la – si – fa – mi – ré – do dièse – ré – mi – fa – sol… Tu n'as jamais fait de musique ?

À nouveau, il secoua la tête.

— I can't believe it. Tu n'as pas étudié le piano, ou la guitare, ou…

Elle le regarda, l'air incrédule :

— Pourquoi ?

Il la regarda dans les yeux et planta ses deux index dans les oreilles :

— J'entends mal.

C'était donc cela !

Elle s'approcha, lui prit la tête entre les mains, la tourna avec douceur, dans un sens, puis dans l'autre et vit qu'il ne portait pas de prothèses :

— Tu m'entends quand je te parle, pourtant.

— Si je te vois de face, oui, répondit Renato.

C'était la première fois qu'il la tutoyait.

Elle replaça ses mains sur ses joues, rapprocha sa tête et lui embrassa la commissure des lèvres :

— Tu n'as rien pour écouter ?

Il resta quelques instants immobile, étourdi par la tendresse du baiser.

Elle le regarda, heureuse de le voir perdu.

— Tu as honte de les mettre ? À l'école, tu ne les mets pas ?

Il resta silencieux, les yeux dans les siens.

— Do me a big favor. Ok ? Ce soir, au dîner, tu mets tes appareils. Les gens pensent ce qu'ils veulent, et toi, tu entends bien. *Period.*

Il resta pensif quelques instants :

— Je n'aime pas les mettre.

— On en reparle, ok ?

Il hocha la tête, brièvement.

— Ok. *And now*, ton autre problème de hip-hop. La fluidité.

Là aussi, elle avait une solution originale. Elle allait lui apprendre les danses latinos. Chaque première partie de leçon leur serait consacrée, « pour la fluidité et le réchauffement », et la seconde au « *slow hip-hop* » :

— Ok with you ?

Elle s'éloigna de lui, se saisit d'un trente-trois tours déjà sorti de sa fourre :

— Now this !

Après avoir lancé la platine, elle augmenta le volume, choisit avec soin l'une des plages et s'approcha de lui :

— Monsieur *Raynahdo* veut danser avec moi ?

C'était *Mambo n° 5*, par l'orchestre de Pérez Prado, un morceau d'un rythme irrésistible.

Renato la regarda, l'air terrifié.

— Let yourself go ! Laisse aller ton corps ! Un pas en avant, un pas en arrière ! Tu bouges les bras au même rythme, fais comme moi ! Pararam, pararam, pararam pam ! Oui ! Très bien ! Oui ! Plus délié ! Nonchalant ! Les hanches aussi, let them float ! Elles doivent être libres.

Ils dansaient face à face, chacun pour soi, mais bien en rythme. Renato n'en revenait pas, d'oser ainsi danser.

À la fin de la plage, Josy lança :

— Et maintenant, very hot !

C'était *Mambo Jambo*, un morceau d'un rythme encore plus soutenu.

— Yes ! s'écria Josy. Yes ! Formidable ! Tu apprends vite ! Tu es très *gracious* !

À la fin du morceau, tous deux étaient essoufflés. Ils se regardèrent en souriant, dans l'attente que la musique reprenne. L'air suivant était *Historia de un amor* en version orchestrale, mené par un saxophone ténor sur un rythme de rumba.

— On continue ! dit Josy.

Au fil du morceau, elle se rapprocha de lui jusqu'à le toucher. Le saxophone se tut, un ensemble de percussions reprit le thème, et le rythme passa de la rumba au slow. Josy prit la main gauche de Renato et enroula son bras autour de son cou. Ils dansèrent ainsi jusqu'à la fin du morceau.

La musique cessa et ils restèrent collés l'un à l'autre. Enfin, ils se séparèrent et se tinrent les yeux dans les yeux. Josy approcha son visage de celui de Renato et, durant quelques secondes, posa ses lèvres sur les siennes, sans les écarter.

— Je crois que tu dois partir, dit-elle en s'éloignant de lui.

Il hocha la tête.

— Tu viendras la semaine prochaine ?

Il la regarda, fit à nouveau oui de la tête et quitta le studio.

Lettre de Gabriella à Renato

Mon trésor,

Comme je suis contente de t'avoir placé à l'Institut Alderson ! Tu te faisais du mauvais sang pour M. Mantegazza, et voilà qu'il est le meilleur des hommes.

Dans dix jours, je dois voir le notaire de Crans. Cela me ferait plaisir d'inviter ton professeur à dîner. J'écris dans ce sens à Mme Hugues.

Je t'embrasse,

Ta maman

P.-S. Tu vois, je t'écris dès que je peux, comme tu me l'as demandé. J'espère que ma lettre fera son effet !

N'en veux pas à Rosa, si elle ne t'écrit pas. Elle adore tes lettres, je la vois les lire et les relire. Mais écrire lui est malcommode. Je pense qu'elle se gêne de t'envoyer une lettre qui pourrait t'embarrasser devant tes camarades.

Entre Pully et Ouchy

Mercredi 20 septembre

Renato repéra Paolo et poussa une pointe de vitesse, certain qu'il le remarquerait. Elle le mena à hauteur de l'embarcadère de Pully, où Paolo venait d'arriver. Ils s'arrêtèrent au même moment et se sourirent, le souffle court.

— Tu piques des sprints… Bravo.

— C'est Josy qui m'a conseillé… pour la vitesse…

— C'est formidable. Je file. On se voit au dîner ?

— Oui, dit Renato. Bien sûr.

Ils restèrent quelques instants sans parler, les yeux dans les yeux, puis chacun reprit sa course.

Institut Alderson, Salon rose

Jeudi 21 septembre

— Cela n'a pas l'air de vous faire plaisir, dit Bérengère Hugues.

— Si, si, protesta Paolo, en y mettant autant de conviction qu'il put.

La directrice n'était pas dupe. La perspective de dîner avec Mme Barro semblait embarrasser Mantegazza. C'était pourtant rare qu'un parent d'élève demande à dîner avec l'un des professeurs, il aurait dû recevoir l'invitation comme une grande marque d'estime.

— Renato ne sera pas présent, si j'ai bien compris ? demanda Paolo.

— Non, juste vous deux.

Elle émit un petit rire.

— N'allez pas me dire que vous refusez !

— Non, bien sûr, non, non, non, balbutia Paolo. Au contraire. Je m'en réjouis.

Lausanne,
à la terrasse de l'hôtel Beau-Rivage

Vendredi 22 septembre

— Merci d'avoir accepté mon invitation, dit Gabriella.

Paolo ne reconnut pas la femme sûre d'elle rencontrée au Salon rose. La personne qu'il avait devant lui semblait retenue, presque humble. Il la salua d'une inclinaison du buste.

Après qu'un maître d'hôtel eut pris la commande, elle leva les yeux sur Paolo :

— Vous savez, n'est-ce pas, pour son père ?

Mis à part le « Bonjour » qu'il avait dit en arrivant et son « Darne de saumon, comme Madame » au maître d'hôtel, il était resté muet. Dans sa hâte de quitter le sujet, il hocha la tête et baissa les yeux.

— Pour l'ouïe, vous êtes aussi au courant ? J'imagine qu'il ne met pas ses prothèses…

Il fit non de la tête.

— Vous savez… (Elle s'arrêta de parler quelques instants.) Quoi qu'on puisse penser d'un parent qui place son enfant en internat, c'est douloureux. Lorsqu'il s'agit d'un parent unique, c'est pire encore. Et lorsqu'il s'agit d'une mère qui va se remarier, je vous laisse deviner.

C'était pour cela qu'elle avait fait le voyage. L'histoire selon laquelle il était urgent qu'elle voie son notaire à Crans n'était qu'un mensonge. Renato lui avait écrit une lettre qui l'avait bouleversée, et elle tenait à remercier le professeur qui s'était montré si attentif à son égard. C'était du reste étrange qu'il se confie ainsi. Son fils lui échappait depuis toujours. Et voilà que soudain il s'ouvrait à elle, avec affection. On aurait dit qu'il avait une confiance nouvelle.

On les servit. Aucun des deux ne se saisit de ses couverts.

— Renato reçoit beaucoup d'amour de Rosa, sa gouvernante. Sans doute plus que de moi. Mais depuis la mort de son père, il n'a jamais eu d'accompagnement masculin. Et puis, cette façon qu'il a de se réfugier dans sa surdité…

Voilà que quelqu'un l'écoutait, le regardait, l'estimait. Un homme lui donnait des conseils.

Paolo sentit ses yeux se brouiller. Elle sourit :

— Je ne pensais pas que vous seriez ému. Je voulais simplement vous dire merci.

— C'est moi qui vous remercie infiniment. Vous ne pouvez pas savoir combien vos paroles me touchent.

Il lui tendit la main et quitta la terrasse, laissant son assiette intacte.

Lausanne, Studio Josy

Samedi 23 septembre

— On fait comme on a dit, d'accord ? demanda Josy. Moitié latino, moitié hip-hop ?

Elle lança le disque de Pérez Prado et ils se mirent à bouger plus qu'à danser. Ils étaient raides, presque disgracieux.

Elle ne fit aucune remarque, laissa jouer la première plage, *Mambo n° 5*, puis la seconde, *La Cucaracha*, sans qu'ils n'échangent un mot. On aurait dit qu'ils effectuaient une corvée.

Quand le morceau prit fin, il lui demanda :

— Ça vous ennuie si je pars ?

Elle secoua la tête, murmura « je comprends » et le regarda quitter le studio.

Ouchy

Lundi 25 septembre

Paolo l'avait rattrapé à la pointe est du quai et lui avait proposé de courir ensemble jusqu'à l'hôtel Beau-Rivage, où ils s'attablèrent en terrasse.

— C'était bien, avec ma mère ?

— Elle se préoccupe de ton bonheur.

Est-ce qu'ils avaient parlé de son père ? De sa mort, sujet de prédilection de sa mère, quand elle ne parlait pas d'elle-même ?

— Allons, fit Paolo, ne te fais pas plus méchant que tu n'es.

Que sa mère parle de l'absence du père, quoi de plus normal ?

— Quand j'ai fait ma thèse, j'ai étudié les textes de Canetti, un philosophe. Lui aussi avait perdu son père très jeune. À l'âge de sept ans, je crois.

— Comme moi, alors ?

— Comme toi.

Ils restèrent silencieux quelques instants.

— J'imagine qu'il était mort de maladie.

— Je pense que oui, dit Paolo. Je ne vois pas de quoi d'autre.

Renato ne réagit pas. Il aurait pu être assassiné, ou s'être suicidé...

— Et votre père ?

— Je ne l'ai pas connu, dit Paolo. Il a eu une liaison avec ma mère et a disparu. Ils n'étaient pas mariés. C'est pour cela que ma mère m'a envoyé au Nord, vivre chez sa sœur.

— Où ça ?

— À Torre di Santa Maria, mentit Paolo. Près de la frontière autrichienne, dans la province de Sondrio.

— Vous y retournez ?

— Cela m'arrive, mentit encore Paolo.

Est-ce que la montagne ne lui manquait pas ?

Il y avait Chandolin :

— La nature, la haute montagne, le silence... Tout cela n'a pas de nationalité.

Et puis, il y avait la solitude. Elle aussi était apatride.

Le regard de Renato se perdit dans le vague. Tant d'aspects de sa propre vie le rapprochaient de Paolo... Le goût du théâtre, de la montagne, de la solitude. Comme lui, il avait grandi sans père. Était-ce pour cela que Paolo était aussi prévenant ?

— Vous permettez ?

Il se rendit à l'intérieur du café et en revint avec une feuille de papier et un crayon :

— Je fais une liste.

Paolo le regarda, intrigué.

— Vous allez comprendre.

Il nota :

1)) Le théâtre
2)) La montagne
3)) La solitude
4)) Pas de père

Il tendit la feuille à Paolo :

— Nos points communs. Je n'ai pas compté l'Italie.

Paolo lut la petite liste et soudain, éclata de rire :

— Tu me copies, coquin !

Renato baissa les yeux, ravi que Paolo ait remarqué le détail. C'était son habitude, en cours, de faire suivre d'une double parenthèse les chiffres de ses numérations.

— Très honoré ! ajouta Paolo.

Soudain, Renato se lança, surpris par son aplomb :

— Vous permettez que je partage avec vous l'interrogation qui me poursuit depuis l'âge de sept ans ?

Pourquoi son père avait-il été enlevé par les Brigades Rouges ? Il n'avait jamais maltraité ses ouvriers. Beaucoup le tutoyaient. Il avait été le parrain d'au moins une dizaine de leurs enfants. Il se préoccupait d'eux. Il aimait l'usine. D'ailleurs, il l'appelait toujours « *il reparto* », l'atelier.

— Pourquoi ? demanda Paolo.

— C'était son monde. Celui du vrai travail. Il n'avait jamais imaginé que l'on puisse lui en vouloir.

Il y eut un silence.

— Les Brigades Rouges se sont fourvoyées, dit Paolo, accablé. Pour ton père comme dans beaucoup d'autres actions. Elles ont procédé par des schémas qui ne prenaient pas en compte la condition humaine. Elles ont volé, blessé et tué en se fondant sur une utopie.

Il se souvint de la lettre étrange qui lui était arrivée à la prison de San Vittore peu de jours après la fin de son procès :

Cher Monsieur Rivolta,

J'ai assisté à plusieurs audiences de votre procès.

L'analyse que vous avez présentée de la société italienne et de ses cruautés m'a frappé par sa justesse. J'ai admiré votre argumentation en défense des brigadistes. Pardonnez mon audace : n'aurait-il pas été plus habile, j'entends : plus utile, d'inverser les rôles, pour obtenir les circonstances atténuantes auxquelles vous pouviez prétendre ? Imaginez la stupeur de la Cour, si elle vous avait entendu dire : « Nous nous sommes trompés. » Vous auriez coupé l'herbe sous le pied du procureur général.

Il me semble que la plus grande de toutes les faiblesses, dans la démarche brigadiste, trouve son explication dans Masse et Puissance, le chef-d'œuvre d'Elias Canetti, le philosophe bulgare.

Ce qu'il dit sur la condition humaine et son angoisse existentielle explique parfaitement, à mes yeux, les errements des Brigades et révèle leur candeur. De quoi, peut-être, plaider pour leur sincérité…

Avec mes souhaits de prompte réhabilitation et mes bonnes salutations,

Carlotto

Il ne connaissait aucun Carlotto.

Un exemplaire de *Masse und Macht*, dans sa langue originale, accompagnait la lettre.

Quelques mois avant sa libération, l'inconnu lui avait écrit à nouveau. Il se proposait de l'aider à aller plus loin dans l'étude de *Masse et Puissance* comme outil d'analyse des théories brigadistes. Cette fois-ci, il dévoilait son identité. C'était Giancarlo Bachmann.

— Les brigadistes pensaient qu'en affaiblissant la Démocratie chrétienne, le principal parti politique du pays, ils arriveraient à refonder la société, reprit Paolo. Mais voilà… Les autres partis, les communistes, par exemple, adversaires acharnés de la Démocratie chrétienne, n'avaient aucun intérêt à ce que le système s'écroule. Ils auraient disparu eux aussi. Pour finir, tous les partis se sont ligués contre les brigadistes. C'est aussi simple que ça.

— Vous semblez connaître le sujet comme personne.

Devait-il en dire plus à ce garçon ? Oui. À lui, surtout. Alors il lui répondit qu'il avait consacré sa thèse aux Brigades Rouges.

— Pas à Canetti ?

— Canetti comme instrument d'analyse. Il m'a permis de comprendre à quelle étape de leur analyse les Brigades s'étaient trompées.

— C'est pour cela que mon père est mort ?

Paolo le regarda. Il y avait dans les yeux de ce garçon toute la confiance du monde. Comment lui dire que si son père avait été enlevé, c'est qu'il était le premier inscrit d'une liste que lui-même, Paolo, avait rédigée, avec la conscience de faire son devoir, parce que son pays était dans les mains d'une bourgeoisie indigne et veule ? Qu'autant, à cet instant, la décision de kidnapper son père lui aurait paru monstrueuse, autant, lorsqu'il avait établi la liste de ceux qu'il convenait d'enlever, le choix de son nom lui paraissait légitime, et même indispensable, pour qu'enfin, un jour, leur société soit fondée sur l'équité ?

Il lui répondit que son père avait subi une grande injustice, ce qu'il avait tenté d'expliquer dans sa thèse.

— À quelle université l'avez-vous présentée ? lui demanda Renato.

Il répondit à vif : celle de Trente.

— Tout près de chez moi ! s'exclama Renato.

Désemparé par ce qu'il venait de révéler, Paolo resta sans mot, les yeux noyés dans ceux du garçon. Il était temps qu'ils rentrent, avant qu'il ne se mette à se dévoiler davantage.

Au moment où ils quittaient la terrasse du Beau-Rivage, il entoura de son bras les épaules de Renato, et celui-ci en ressentit un bonheur immense.

Dans l'une des cabines téléphoniques de l'Institut Alderson

Lundi 25 septembre

— Je viens te voir !

C'était Rosa qui l'appelait depuis Crans-sur-Sierre, où elle allait passer la semaine à nettoyer le chalet.

— Si tu savais combien tu me manques !

Ils se mirent d'accord pour un café au Léman, après le déjeuner du mercredi.

— Et ton professeur italien ? Il est toujours aussi gentil avec toi ?

— Je crois que nous devenons des amis ! exulta Renato. Il m'a raconté sa vie. Tu sais où il a grandi ?

Lorsqu'elle apprit que c'était à Torre di Santa Maria, d'où venait sa mère, Rosa bondit de joie :

— Alors je lui préparerai une surprise !

Institut Alderson, à la salle à manger

Mardi 26 septembre

Le repas terminé, Renato se dirigea vers Paolo. Le lendemain venait Rosa, la gouvernante qui l'avait élevé, « une des personnes que j'aime le plus au monde. Je voudrais tant que vous la connaissiez ».

Est-ce qu'il accepterait de venir avec lui le lendemain au Léman, après le déjeuner ?

Y aller, c'était s'enfoncer un peu plus dans l'imposture, il le savait, une imposture à la mesure de l'affection immense qu'il ressentait à l'égard de ce garçon. Il allait vivre un moment de honte brûlante. Mais comment refuser ?

— Ta mère m'a parlé d'elle, répondit-il. Je viendrai.

Lutry, Café du Léman

Mercredi 27 septembre

Rosa poussa la porte du café, s'approcha de la table où était assis Renato, et se figea, désemparée de se trouver face à un monsieur barbu aussi impressionnant de prestance. Le professeur italien, sans doute. Renato aurait dû l'avertir ! Qui était-elle pour se retrouver à la table d'un grand professeur ? Celui-là même qui avait dîné avec sa patronne ? Si celle-ci l'apprenait…

Renato se leva et se jeta dans ses bras :

— Je t'ai fait une surprise.

— J'ai bien compris, fit Rosa, gênée, en tendant la main à Paolo.

Ils s'attablèrent. Renato était si heureux de voir Rosa et Paolo réunis qu'il en devint muet, et Paolo, honteux d'avoir déclenché tant d'émotions, regrettait d'avoir donné suite à la demande de Renato. Rosa était incapable de dire un mot.

Paolo fit mine de se lever :

— J'ai été ravi de vous connaître. J'imagine que vous avez mille choses à vous dire avec Renato.

— Non, non, protesta Renato. Elle m'a dit qu'elle allait vous apporter une surprise, n'est-ce pas que tu as une surprise pour le professeur ?

De plus en plus confus, Paolo se rassit pendant que Rosa posait sur la table un sachet de papier brun. Elle avait appris qu'il était de Torre di Santa Maria, c'était bien ça ?

— J'y ai grandi, répondit Paolo, terrifié à l'idée qu'elle l'interroge.

— Je crois que vous aurez plaisir à déguster ce que je vous ai préparé.

Elle sortit du sac une sorte de pain en forme de demi-sphère, recouvert d'une couche bien dorée :

— Une bisciola !

Elle regardait Paolo, débordante de joie, dans l'attente d'une réaction. Mais Paolo resta muet, pendant que Renato, les yeux tantôt sur Rosa tantôt sur Paolo, ne comprenait pas ce qui se passait.

— C'est pour vous ! dit Rosa. Je ne pensais pas l'entamer ici. Renato en mange plus souvent qu'à son tour.

— C'est très gentil, dit Paolo. Je me réjouis de le déguster à la maison.

— Je tiens la recette de ma mère. Elle venait de Torre, une Soncelli, si le nom vous dit quelque chose, Giovanna Soncelli.

Paolo secoua la tête.

Rosa le regarda avec curiosité. Drôle de réaction, quand même.

Elle replaça le gâteau dans le sachet.

— J'espère qu'il sera à votre goût.

— J'en suis sûr, dit Paolo, j'adore la bisciula, merci beaucoup pour la délicate attention.

Il salua Rosa, caressa les cheveux de Renato, et quitta le café.

Rosa remarqua son geste :

— Il t'aime beaucoup.

— Je crois, fit Renato, troublé par le geste autant que par le départ soudain de Paolo.

Rosa remarqua l'émotion du garçon et le rassura. C'était par délicatesse qu'il s'était éclipsé.

Mais pourquoi diable avait-il dit bisciula au lieu de bisciola, se demanda-t-elle ? À Torre, on avait sans cesse le mot à la bouche. Sa langue avait-elle fourché ?

Le long des quais d'Ouchy

Jeudi 28 septembre

Ils s'étaient retrouvés à la même terrasse que le lundi précédent. Renato, qui n'avait pas eu l'occasion de parler à Paolo depuis la visite de Rosa, craignait qu'il ait pris ombrage de leur rencontre. Heureusement, la bisciola avait dû lui faire plaisir. Sans doute qu'elle lui a rappelé son enfance. Cela pouvait expliquer son envie brusque de partir.

— Et la bisciola ? La bischöla, comme on dit à Torre, à l'allemande...

— Délicieuse, répondit Paolo. Absolument délicieuse.

Est-ce qu'elle lui rappelait de doux souvenirs ?

— L'enfance n'est pas toujours douce. Tu en sais quelque chose, n'est-ce pas ?

Renato resta silencieux, puis soudain ajouta, nerveux :

— Je voudrais vous faire un aveu. Je ne suis pas tout à fait innocent dans la disparition de mon père.

Paolo le regarda, éberlué :

— Que me chantes-tu là ?

Il lui parla de leurs liens très forts, raconta l'après-midi qu'ils avaient passé ensemble le jour de son enlèvement, un 7 juillet, leur déjeuner au Barro Bar, le disque que son père aimait écouter, la place que cette chanson avait prise dans leur relation, au retour de son enlèvement.

— Cesse de penser à ces sornettes. Les responsables étaient ses ravisseurs et ceux qui les avaient instrumentalisés, dit Paolo, irrité. Ton père s'est donné la mort parce qu'au sortir de son enfermement, il était épuisé. Je suis sûr qu'il est parti conforté par cette belle chanson. Je la connais, bien sûr.

Il laissa passer un silence :

— Est-ce qu'il t'arrive de l'écouter ?

Renato secoua la tête.

— Je crois que tu devrais la faire revenir dans ta vie, comme un doux souvenir.

Lausanne, Studio Josy

Samedi 30 septembre

Chez Payot, il avait demandé « le grand livre » de Canetti. *Masse et Puissance* ? Un pavé ! lui avait répondu le libraire.

Après l'avoir acheté, il s'était rendu en face, chez Fœtisch, le disquaire. Quelques minutes plus tard, il était chez Josy.

— Le gros livre, c'est pour l'école ?

Mantegazza lui en avait parlé, il voulait l'étudier, le comprendre, lui faire la surprise :

— Vous ne lui en parlez pas, si vous le voyez, d'accord ?

Elle sourit :

— Tu l'admires ?

Il haussa les épaules, gêné.

— Et ça ?

Elle pointa l'index sur le sachet marqué « Fœtisch, disquaire ».

— Une chanson, dit Renato, embarrassé.

Il lui tendit le sachet. Elle en retira la pochette :

— I see… Ey sey domani… On peut mettre ?

— Je ne l'avais pas acheté pour ici, mais si vous voulez…

Elle lui effleura la joue du dos de l'index :

— Je suis curieuse… Aujourd'hui, on commence par le hip-hop, d'accord ?

Elle plaça le quarante-cinq tours sur le plateau, lança la musique et entendit la voix caressante de Mina :

E se domani	*Et si demain*
Io non potessi	*Je ne pouvais*
Rivedere te…	*Plus te revoir…*

— C'est beau ! Tu me traduis ? C'est magnifique ! Et maintenant, tu essaies ?

Les traits défaits, il se mit à danser un *slow hip-hop* tel qu'il l'avait vue le faire sur la suite de Bach.

Elle s'approcha de lui, prit sa main gauche dans la sienne et lui entoura le cou de son bras. Ils se mirent à danser.

— La chanson te rappelle quelqu'un ? Un grand amour ?

Il hocha la tête.

Ils dansèrent jusqu'à la fin de la chanson, collés l'un à l'autre. Puis elle lâcha sa main, approcha sa bouche de la sienne et entrouvrit les lèvres. Ils continuèrent de danser durant quelques instants sans musique.

Elle s'arrêta et chercha son regard :

— Tu as déjà fait l'amour ?

Il secoua la tête.

— Tu veux qu'on le fasse ?

Il la regarda sans répondre.

— Viens, fit Josy.

Elle le prit par la main et l'amena dans la chambre qui jouxtait le studio.

Elle le déshabilla, ôta son t-shirt et son jeans :

— Je te montre, ok ?

Elle s'étendit sur le lit :

— Tu viens à côté de moi, d'accord ? Pas sur moi. Pas encore. Tu m'embrasses sur la bouche, ok ? Oui... Très bien... Tu es très doux... Ta langue est douce... Tu m'embrasses les seins, ok ? Très, très doucement... Oui... Encore...

Elle lui prit la main :

— Tu me caresses ici, ok ? Tu sais comment ? Donne-moi ta main. Comme ça... Aussi doucement que tu peux... Encore... Tu tournes autour... Tu es un ange... Embrasse-moi où tu as envie... Oui... Là et partout ailleurs... Où tu veux... Encore... j'adore... Tu veux venir ?

Elle s'assit sur lui et l'aida à la pénétrer.

Ouchy, terrasse de l'hôtel Beau-Rivage

Dimanche 1er octobre

Durant tout le repas, Paolo et Josy avaient discuté de la répétition du mercredi, du jogging de Renato, du cours de Renato de la veille, de ses progrès au hip-hop, de la chanson de Mina…

Leurs échanges étaient tendres, presque nostalgiques.

— Tu te rends compte que nous ne parlons que de lui ? demanda Paolo en souriant.

Elle resta silencieuse.

— Ça te gêne ?

Elle secoua la tête.

— Tu ne dis rien ?

— Hier, il est venu avec la chanson dont tu m'as parlé. Nous avons fait l'amour.

Il hocha la tête, puis lui caressa la main :

— C'était important ?

— Je crois, répondit Josy. Il n'y aura pas de seconde fois.

Décembre 1989

Dans le train de Vérone à Trente

Lundi 4 décembre

Renato observait le paysage avec un plaisir nouveau. Avait-il jamais vécu des jours aussi heureux ? Les tensions avec sa mère s'apaisaient. La distance y était sans doute pour quelque chose, mais d'autres aspects de sa vie contribuaient à son bonheur. La pièce lui donnait l'occasion d'offrir le meilleur de lui-même. Petros commençait à être aimable. Surtout, il y avait l'amitié de Paolo, qui le comblait au-delà des mots. Tout allait si vite ! Si bien !

Il pensa à Josy. Il avait fait l'amour ! Enfin ! Là aussi, si Mantegazza ne lui avait pas conseillé de retourner à la chanson de Mina, rien ne se serait passé.

Autre chose, encore, lui rendait la vie plus douce. Il pensait à son père moins souvent, et quand il le faisait, c'était avec plus de sérénité.

Oui, il devait vraiment beaucoup à Mantegazza.

Il se réjouit de la surprise qu'il lui ferait à son retour de Trente. Il le voyait déjà, incrédule, souriant, peut-être même admiratif. « C'est toi qui as écrit ce texte ? »

Il repensa à Josy. Après qu'ils avaient fait l'amour, elle lui avait caressé le front, puis la joue, l'avait ensuite embrassé avec tendresse avant de chercher son regard :

— First and last time, ok ?

Les yeux brouillés, elle avait détourné la tête, avant d'ajouter :

— Next time, avec une fille de ton âge.

Le samedi suivant, ils avaient travaillé les danses latinos et le slow hip-hop avec une ferveur inhabituelle. À la fin du cours, elle lui avait dit :

— Next Saturday, tu viens plus tôt, je te fais un snack.

L'en-cas était devenu une habitude. Ils ne s'embrassaient plus que sur la joue. Mais chacun pensait beaucoup à l'autre, il en était certain. Quinze jours plus tôt, au moment où il quittait le studio, elle lui avait dit, l'air sérieux : « Always in my heart. »

Tout allait si bien !

Le lendemain de son arrivée à Vérone, il avait téléphoné à la bibliothèque de l'Université de Trente. Sa visite se présentait de façon parfaite. « Les thèses ? Bien sûr qu'elles sont consultables. » « Je voudrais lire celle de Paolo Mantegazza, sans doute en sociologie. »

La bibliothécaire s'était proposé de la mettre de côté, si elle la trouvait :

— Ces travaux de sociologie, en général, c'est l'équivalent d'une anesthésie générale. Venez toujours, on vous réveillera à la fermeture. Vous demanderez Lucia Pretti, je suis au service de prêt.

Renato avait beaucoup aimé qu'une bibliothécaire de l'université lui parle comme s'il était de la maison. Ce n'était pas en Suisse qu'on lui aurait répondu de cette manière… Comment est-ce qu'un Italien aussi fin que Mantegazza pouvait se passer de son pays ? Un chagrin d'amour ? Un grand malheur ? Parce qu'il retrouvait la montagne dans les hauteurs de Chandolin, comme il l'avait dit ? Peut-être qu'un jour il lui en dirait plus. Peut-être même qu'il le ferait après avoir lu le texte qu'il allait lui soumettre sur sa thèse. Comment l'intitulerait-il ? Il fallait qu'il commence par lire la thèse. De toute façon, le titre devrait le citer. Cela pourrait être : « Réflexion sur *Masse et Puissance* d'Elias Canetti comme instrument d'analyse des théories brigadistes, dans la thèse de Paolo Mantegazza ». Un titre qui ferait savant.

Il n'avait jamais été aussi heureux. Jamais. Et dire que… La pensée qui lui traversa l'esprit le foudroya. Si son père n'était pas mort, il n'aurait pas connu tous ces bonheurs !

Mort de honte, il s'efforça de concentrer ses pensées sur le paysage.

*

« Prenez par Piazza Dante et Piazza Santa Maria Maggiore, vous ne pouvez pas vous tromper », lui avait dit Lucia Pretti. Un petit kilomètre séparait la gare de Trente de la via Giuseppe Verdi, où se trouvait la bibliothèque. Il le parcourut d'un pas léger, porté à nouveau par le bonheur.

La salle des prêts se trouvait au premier étage, et il s'amusa à grimper les marches par trois. Derrière le comptoir, deux préposées bavardaient. Il s'approcha. Il avait téléphoné la veille...

— Je suis Lucia Pretti, dit l'une des proposées.

Elle n'avait trouvé aucune thèse au nom de Paolo Mantegazza.

Renato secoua la tête :

— C'est impossible.

— Je peux peut-être vous aider quand même, dit la bibliothécaire, ravie de s'occuper d'un garçon aussi beau. Vous êtes sûr de l'orthographe ?

Les yeux sur l'écran de son ordinateur, elle sourit :

— J'ai un Paolo Mantegazza qui a écrit sur les vertus hygiéniques et médicinales de la coca, la plante magique des Incas. C'était au siècle passé. Je ne pense pas que ce soit le vôtre.

— Y a-t-il une autre université près d'ici ? demanda Renato très inquiet. Peut-être à Torre di Santa Maria ?

— À Torre ? sourit la bibliothécaire. C'est une petite commune… Vous avez un titre, pour votre thèse ?

Il n'en avait pas.

— Et les sujets abordés ? Je peux chercher sous référence, si vous m'aidez un peu.

— Sur les Brigades Rouges. À propos d'un livre de Canetti, peut-être *Masse et Puissance*…

— Vous voyez que vous pouvez m'aider !

Elle tapota sur son ordinateur :

— Sur les Brigades, douze thèses. Si j'ajoute le critère Canetti, une thèse : *Il principio del parlamentarismo democratico*, etc., oui, c'est ça, il y a aussi la référence à *Masse und Macht*, elle est bien d'un Paolo (elle sourit), mais pas d'un Mantegazza. Je vois ici Paolo Rivolta…

Renato resta muet.

— Paolo Rivolta ? s'exclama l'autre jeune femme. Ce n'était pas un brigadiste ?

— Bien sûr ! L'un des cerveaux. Santino, l'oncle de mon mari, a fait son portrait dans la *Gazzetta*, il y a quelques années.

Elle se tourna vers Renato :

— Alors ? Vous la voulez, cette thèse ?

Renato hocha la tête.

La bibliothécaire lui indiqua la salle de lecture, où il prit place et attendit, perdu. Mantegazza lui avait menti. Il s'était approprié le travail d'un autre. Mais alors, pourquoi l'aurait-il mis sur la piste ? Pensait-il que personne ne découvrirait l'imposture ?

C'était impossible.

Une demi-heure plus tard, la jeune femme posa devant lui un texte polycopié.

Le principe du parlementarisme démocratique à la lumière de « Masse et Puissance ».

En pied de page figuraient le nom de l'auteur ainsi que la référence du texte :

Paolo Rivolta
Tesi di laurea, Facoltà di Sociologia
Rif. P.R., F.S., 1980-17

L'introduction reprenait mot pour mot les idées que Mantegazza lui avait exposées : le parlementarisme démocratique est un système monolithique. S'attaquer à l'un de ses partis, fût-il le plus important, par exemple la Démocratie chrétienne en Italie, ne pouvait que battre le rappel entre partis et renforcer leur union au-delà de toute logique, si ce n'est celle proposée par Canetti, la plus humaine de toutes : « Il n'est rien que l'homme redoute davantage que le contact de l'inconnu », disait Canetti. Pour se protéger, il fera l'impossible, afin que tout se passe comme s'il se trouvait à « l'intérieur d'un même corps ». Ainsi, l'homme n'aura de cesse de se fondre dans la masse.

Le texte citait Canetti dans les mêmes mots dont Mantegazza avait usé à la terrasse d'Ouchy.

Renato lut une dizaine de pages. Cette histoire ressemblait à une farce sinistre.

Il retourna au comptoir et rendit le texte à celle qui n'était pas Lucia Pretti. Elle avait parlé d'une chronique sur Paolo Rivolta. Pouvait-elle l'aider à la retrouver ?

C'était à la via Torre Vanga, sur le chemin de la gare. Le bureau de *La Gazzetta del Trentino* se trouvait au numéro 14, à l'étage. Sans doute que Santino de Cataldo, l'oncle de son mari, y était (elle rit). Il y passait son temps :

— Dites que vous venez de la part de Pinuccia, à la bibliothèque.

*

Renato courut jusqu'au 14 de la via Torre Vanga. Devant la porte d'entrée, il s'arrêta, le temps de reprendre son souffle, et décida de ne pas fouiller plus loin.

Qui était Mantegazza ? Un plagiaire doublé d'un affabulateur. Quelqu'un de très différent de celui qu'il croyait connaître.

L'immense bonheur s'était effondré.

À la gare, le tableau des départs annonçait le prochain train pour Verona Porta Nuova dans quarante minutes. Il repéra un café et commanda un cappuccino. À peine on lui apporta sa boisson qu'il vida sa tasse, paya et retourna via Torre Vanga.

Au deuxième étage du numéro 14, une plaque de laiton indiquait :

Gazzetta del Trentino
Ufficio

Un homme âgé lui ouvrit. Les bureaux de la *Gazzetta del Trentino* consistaient en une pièce meublée de deux longues tables disposées en angle droit et encombrées de papiers, d'ordinateurs et de vieux téléphones. Les murs étaient couverts de rayonnages chargés d'archives.

— J'étais à la bibliothèque de l'université, dit Renato. Je viens de la part de Pinuccia.

— Je suis Santino, dit le vieil homme. Elle m'a téléphoné. Elle a pensé qu'une visite me ferait plaisir. Du reste, j'ai cru que tu ne viendrais pas. Regarde ce que j'ai pour toi.

Sur l'un des bureaux, un journal était ouvert aux pages 4 et 5 :

— L'article date de presque six ans. Je ne peux pas te laisser le journal, c'est mon seul exemplaire.

Il s'éloigna, bougonnant :

— On peut dire ce qu'on veut du vieux Santino, moi, mes archives, elles sont rangées comme dans une pharmacie.

Gazzetta del Trentino[1]

« Les têtes pensantes des Brigades Rouges »

Vendredi 15 juin

Après les portraits de Renato Curcio, Mario Moretti et Alberto Franceschini, nous concluons notre série avec celui de Paolo Rivolta.

Par Santino de Cataldo

De tous les théoriciens des Brigades Rouges, Paolo Rivolta est à la fois le plus essentiel et le moins connu, du fait qu'il a surtout agi comme « l'intellectuel » des Brigades et n'a pas eu droit – si l'on peut dire – à des procès retentissants, suivis ou entrecoupés de longs séjours en prison, comme ce fut le cas pour Renato Curcio ou Mario Moretti, dont les présences fracassantes au tribunal permirent de mieux les connaître. Rien de cela dans le cas de Rivolta. Sa libération, en 1979, fut l'occasion de découvrir les fondements d'une authentique

1. Dernier numéro paru : samedi 26 mars 1990. Traduction de l'auteur.

réflexion politique et de son évolution, avant qu'il ne disparaisse. Aujourd'hui personne ne sait – ou ne veut dire – si Paolo Rivolta est vivant et, si oui, où il se cache. Suite à la présentation de la laurea[1] *qu'il avait préparée en prison et défendue six mois après sa sortie à notre Université de Trente, plusieurs brigadistes l'avaient menacé de mort. A-t-il été assassiné ? Ce n'est pas impossible, tant sa thèse remet en cause les fondamentaux des Brigades.*

Ce que l'on sait de lui se résume à peu de chose. Il est né à Presicce, dans les Pouilles, en 1945, de père inconnu et d'une mère célibataire. Elle allait le confier à l'une de ses sœurs qui habitait notre ville.

Renato interrompit sa lecture. Chaque détail concordait avec ce que Mantegazza lui avait raconté de son enfance, à l'exception du nom de la ville. Il lui avait parlé de Torre di Santa Maria, dans la province de Sondrio.

C'est à Trente, entouré de nos montagnes, qu'a grandi Rivolta, attaché à leurs reliefs et leur aridité, au point qu'à l'époque où les Carabinieri le traquaient dans toute l'Italie, c'est non loin d'ici, à Torre di Santa Maria, dans la province de Sondrio, qu'il s'était caché en compagnie de sa maîtresse, Adriana Lombardi.

1. Mémoire de licence en Italie.

Voilà d'où venait Torre di Santa Maria...

À Trente, Rivolta a laissé un souvenir aux antipodes des actions violentes auxquelles il allait être associé. Son maître d'école, Antonio Schweizer, nous a parlé d'un garçon « attentif, d'une intuition intellectuelle qui surprenait, et d'une grande justesse de raisonnement ».

C'était aussi, selon deux de ses camarades qui ont accepté de s'exprimer sous couvert d'anonymat, un garçon beau mais pas bellâtre, réservé, qui entretenait avec la montagne – avec la pierre, précisa l'un d'eux – un rapport intime, presque amoureux. « Il aurait eu des occasions, dit l'un de ses anciens condisciples, mais on aurait dit que les filles ne l'intéressaient pas. C'était un intellectuel et un solitaire. »

Envoyé à Milan auprès d'un oncle qui travaillait à la Pirelli, il est embauché comme manœuvre à l'atelier des expéditions. Il habitera avec son oncle au 25 de la via Arena, dans le quartier de la Porta Ticinese (une zone appelée la Casbah de Milan) où ils partageront deux pièces avec un Calabrais, ouvrier comme eux à la Pirelli.

Son oncle l'inscrit aux cours du soir de l'Istituto Tecnico Marelli, où il obtient, à dix-neuf ans – nous sommes en 1964 –, un Certificat professionnel d'électricien.

Deux ans plus tôt, notre Université de Trente avait ouvert ses portes avec une seule faculté, celle de sociologie. Rivolta se fit embaucher à mi-temps par nos Services Industriels, et, fort de son Certificat, obtint le droit de s'inscrire en première année. L'université était alors considérée comme une « contre-université », sur le modèle de Nanterre ou Berkeley. Il y lira Marcuse, Horkheimer, Adorno, Marx, Sartre, les grands courants de la contre-culture, et participera à la création d'une sorte de « maison ouverte », où les modèles des Panthères Noires, des Tupamaros, de Cuba ou de Guevara feront l'objet d'innombrables et bouillonnants échanges.

Rivolta était connu pour prendre souvent la parole, développant avec calme et clarté ses critiques au vitriol de la société bourgeoise, dont le premier propos – et, selon lui, le seul – était de s'assurer que rien ne change, sous l'œil complice de la Démocratie chrétienne.

À quelques mois d'obtenir sa licence, il retournera à Milan, tenaillé par le besoin de retrouver le monde de l'entreprise et de participer à sa transformation en un lieu plus humain et plus égalitaire.

Renato arrêta sa lecture. Plus humain ? Qu'avait voulu dire le journaliste ? Il se promit de l'interroger, au terme de sa lecture.

On le retrouve à l'automne 1970, agent technique de la Siemens, l'une des grandes usines milanaises, où il participera à l'incendie de nombreuses voitures de dirigeants. Son nom sera associé à plusieurs séquestrations, mais il semble qu'il n'ait jamais participé aux enlèvements. Si son action personnelle – l'écriture de tracts distribués dans les usines – et la définition d'une politique « brigadiste » ont fait de lui, aux yeux des autorités, un personnage à neutraliser, elles l'ont par là même éloigné de l'action violente, en particulier des nombreuses « jambisations » (mitraillage de dirigeants au niveau des jambes) et des assassinats de policiers, de magistrats, d'hommes politiques et de journalistes accusés par les Brigades d'être au service de l'État. En un mot, il semble qu'il n'ait jamais participé à un crime de sang.

Paolo Rivolta et sa maîtresse ont été arrêtés le 13 août 1975 sur les hauteurs de Torre di Santa Maria, où ils vivaient reclus depuis plusieurs mois dans un cabanon de montagne. Adriana Lombardi sera abattue sous ses yeux.

Au terme d'un procès peu spectaculaire, il sera condamné à cinq ans de réclusion pour mise en danger de la sécurité de l'État, une peine hybride qui reflétait à la fois l'absence de preuves pour crimes violents et la crainte ressentie par les juges du Tribunal de Milan face à l'idéologie de Rivolta, fer de lance du mouvement brigadiste.

Un échange qui eut lieu durant le procès – auquel nous avons assisté personnellement – mérite d'être relevé. Le président du tribunal interrogeait Rivolta sur ce que ce dernier considérait comme « instrument de lutte légitime ». « Les enlèvements contre rançon, répondit Rivolta, à la condition qu'ils se terminent par un échange honnête. » Pour lui, les grands patrons des années soixante et soixante-dix avaient accumulé des fortunes colossales sur le dos des travailleurs. Il était légitime qu'une partie de cet argent fût rendu au profit de ceux qui méritaient un minimum de justice sociale. « Et si la famille refuse de payer ? » avait demandé le président. « Citez-moi un seul cas où elle a refusé », répondit Rivolta. Le président du tribunal avait hoché la tête : « La doctrine Rivolta, en quelque sorte ? » « Cette expression ne me serait jamais venue à l'esprit », avait répondu Rivolta, l'air indifférent.

Ainsi, c'était bel et bien la pensée de Mantegazza qui se trouvait à l'origine de l'enlèvement de son père… Ce n'était pas un crime de sang, puisque le sang n'avait pas coulé. C'était un crime par procuration, précédé d'un supplice qui avait duré deux mois, au terme desquels son père n'était plus qu'une ombre. On pouvait même dire que ce n'était pas un crime, vu qu'au moment de sa mort, son père n'était plus vraiment un homme. Tuer une ombre, ce n'était pas un crime.

Les années San Vittore

De 1976 à 1980, Rivolta est resté à San Vittore, l'établissement pénitentiaire de Milan, où il a lu avec avidité tous les textes qui avaient un lien avec la pensée politique, le responsable de la bibliothèque de San Vittore nous l'a confirmé, précisant que durant sa dernière année de détention, il avait emprunté plusieurs ouvrages – du type Assimil – pour apprendre le portugais.

Mais c'est surtout dans sa laurea, un travail en général bouclé en trois ou quatre mois, que Rivolta s'est plongé durant ses années de détention. Il en est ressorti transformé, abandonnant le principe de la lutte armée et mettant à mal les bases sur lesquelles il avait fondé – avec d'autres – le mouvement des Brigades Rouges (son texte est toujours disponible à la Bibliothèque de Sociologie de l'Université de Trente[1]). Délaissant les thèses des années 1960 – Adorno, Marcuse, Sartre, Horkheimer –, il s'est semble-t-il entiché d'un assez obscur philosophe bulgare (moins connu en tout cas que ceux précités), lauréat surprenant d'un prix Nobel de littérature (alors qu'il n'était pas romancier…), du nom d'Elias Canetti, dont l'œuvre majeure, « Masse et Puissance », constitue le socle de l'argumentation de Rivolta.

La thèse de Rivolta

Dans un texte brillant et bref, Rivolta relit nos années de plomb à la lumière des thèses de Canetti. « Il n'est rien que l'homme redoute davantage que le contact de l'inconnu. » C'est avec cette citation de Canetti que Rivolta entame sa déconstruction systématique de la logique brigadiste. La seule manière dont l'homme peut

1. Sous la rubrique : Rivolta, Paolo. *Il principio del parlamentarismo democratico alla luce di « Masse und Macht ».* (*Le principe démocratique du parlementarisme analysé au spectre de « Masse et Puissance »*). Laurea, Facoltà di Sociologia, PR, FS, 1980-17.

s'affranchir de ses peurs est de se fondre dans la masse compacte des autres hommes, situation où cette phobie s'inverse en son contraire. L'homme ne redoute plus le contact, vu que celui-ci a purement et simplement disparu. Tout se passe « comme à l'intérieur d'un même corps », dit Canetti. Et rien n'est plus illustratif de cette vérité qu'un système démocratique dans lequel tous les partis participent d'une même comédie, chacun ne pouvant y vivre en paix entouré des autres. L'erreur fondamentale des Brigades a été de passer à côté de cette complicité muette. Ils n'ont pas imaginé que tant de lâcheté puisse exister. Ils ne connaissaient donc pas les hommes... Pour Rivolta, c'était la marque d'une inculture politique, le propre des classes ouvrières. Les Brigades Rouges ont péché par excès de naïveté et procédé par des schémas simplistes qui ne prenaient pas en compte l'essence de la condition humaine. Elles ont donc volé, séquestré, blessé et tué en se fondant sur une utopie.

Ainsi, après s'être penché en intellectuel distingué sur les théories brigadistes, Mantegazza avait démonté leur pensée. Et sa théorie, à lui ? Sa « doctrine », qui prévoyait d'enlever un innocent, de le garder, le temps qu'il fallait pour extorquer une rançon sous menace de le tuer, et de le relâcher une fois l'argent en poche, sur quel principe était-elle fondée ? N'avait-il pas eu l'occasion de l'analyser, en « intellectuel distingué » ? De se dire qu'au terme de l'opération, le kidnappé ne serait plus tout à fait le même homme ? Qu'il risquait même de ne plus être un homme du tout ?

Tout ce charabia de thèse n'était qu'une façon de se donner bonne conscience.

Où est passé Paolo Rivolta ?

Peu de temps après la présentation de sa laurea, Paolo Rivolta a disparu.

Est-il vivant ? Si oui, où se trouve-t-il ? Quelque part au Brésil, employé d'une favela ? Dans les montagnes de l'Himalaya, comme guide ? Cette hypothèse correspondrait mieux à cet amoureux des cimes et de leur solitude. Réapparaîtra-t-il un jour ? À cette dernière question, nous sommes tentés de répondre par la négative. Son risque serait immense.

Une photo floue montrait un garçon imberbe et très maigre. Impossible de dire s'il s'agissait de Mantegazza.

— Si vous voulez en savoir plus, dit le journaliste lorsqu'il vit Renato se lever, allez au siège de *L'Arena*, à Vérone. Ils ont des archives complètes sur le mouvement.

Renato hésita à l'interroger sur ce qu'il avait voulu dire par « humain », dans l'article, se dit que c'était inutile et le salua.

Dans le train pour Vérone

Lundi 4 décembre

— Le train pour Trente ?

— Pour Trente ? Mais tu y es, à Trente, mon garçon.

La femme le regardait, l'air inquiet :

— Tu as besoin d'aide ?

— Vérone. Le train pour Vérone.

À peine assis dans le train, il éclata en sanglots. Mantegazza l'avait tourné en bourrique. C'est pour cela qu'il s'occupait de théâtre. Jouer la comédie, c'était sa spécialité. En réalité, ce n'était qu'un assassin. Un fourbe, aussi, qui ne s'était pas même montré solidaire de ses anciens complices.

— Calme-toi, mon garçon.

Le contrôleur du train était devant lui, l'air inquiet.

— Je peux faire quelque chose ?

Renato secoua la tête.

— Mais toi, tu peux faire quelque chose pour moi. Montre-moi ton billet.

Renato s'exécuta.

— Pas de bêtises, hein ? reprit le contrôleur. Si tu as besoin, je suis deux wagons vers l'avant.

Débuté dans la joie, son voyage se terminait en désastre. Le lendemain matin, il se rendrait à *L'Arena*. Qui étaient les ravisseurs de son père tués à Cagliari ? Quel avait été le rôle de Mantegazza ?

Après quoi, pas question de rester les bras croisés. Il avait à prendre une décision importante. À qui annoncer que Paolo Rivolta vivait en Suisse sous une fausse identité ? À Rosa ? À sa mère ? Sûrement pas. À la presse, demain, dans les locaux de *L'Arena* ? Pourquoi pas. Ou à la police… Mieux : à Mantegazza lui-même, rien que pour voir sa tête. Avant de le dévoiler à toute l'école.

Une idée lui traversa l'esprit. Une façon de lui faire payer cher son crime. Une idée excellente. Cruelle, même. Très cruelle.

Quelques instants plus tard, une évidence le frappa, qui tempéra son enthousiasme. D'après l'article de la *Gazzetta*, Rivolta était sorti de prison en 1979. Il y était depuis 1975. Or, son père avait été enlevé en 1978. Il n'y avait donc aucune possibilité qu'il ait participé au kidnapping.

Devait-il revenir à des sentiments plus modérés ? La thèse de Mantegazza avait mis à mal les motivations des brigadistes. Il lui avait fallu du courage pour faire un tel aveu. Peut-être même que sa nouvelle identité lui avait été proposée par l'État, en tant que *pentito*, repenti… Le dénoncer, c'était en faire la cible des anciens brigadistes.

Mais cet homme avait participé à la mort de son père…

Son père ! De toute la journée, il n'avait pas pensé à lui… si ce n'était pour se dire que c'était à sa disparition qu'il devait d'être si heureux. Voilà dans quel bourbier il se trouvait.

Mantegazza avait dévoré son esprit au point d'en avoir chassé son père… Ne serait-ce que pour cela, il fallait qu'il paie.

Dans les locaux du quotidien L'Arena

Mardi 5 décembre

À l'accueil, il n'avait pas osé tricher sur son patronyme, craignant qu'on lui demande un document d'identité.

— Vous êtes de la famille ?

— Non, répondit Renato, prenant un air excédé. Des Barro, il y en a des milliers... C'est pour un travail à l'école.

L'employé ne prêta pas attention et l'amena dans une petite pièce aveugle où les éditions du journal étaient groupées par mois et reliées.

— L'arrestation de Tisi et Monti, c'est bien ça ?

Il repéra dans les rayonnages le volume de mars 1979.

— Lorsque vous aurez terminé, laissez le volume sur place.

Renato s'assit, respira profondément, et commença à tourner les pages du volume. L'édition du 22 mars relatait la fin de la cavale :

Uccisi i rapinatori di Francesco Barro

Traditi da una conserva

Les ravisseurs de Barro ont été tués, titrait le quotidien en première page, avec pour sous-titre :

Trahis par une boîte de conserve

En page 7, l'article relatait les événements qui avaient permis de piéger les ravisseurs : la découverte de restes d'alimentation dans l'appartement où Barro avait été détenu, l'enquête auprès des supermarchés Standa et l'identification des deux brigadistes. Au centre de la page figurait la photo d'une liste tapée à la machine sur une feuille de cahier d'écolier. Intitulée « *Precedenze* », Priorités, elle comptait six noms d'industriels connus. Le premier d'entre eux était celui de Francesco Barro. Les noms étaient numérotés de 1 à 6. Chaque fois, après le chiffre, figurait une double parenthèse : 1)), 2)), et ainsi jusqu'à 6)).

Ainsi, après avoir signé son crime, Mantegazza avait l'arrogance de continuer à utiliser sa double parenthèse. Et même avec lui. Il le narguait. Un cynique de la pire espèce, voilà ce qu'était Mantegazza.

Sous la photo figurait la mention :

> *Tisi et Monti ayant été tués, on ne saura sans doute jamais qui était l'auteur de cette funeste liste.*

Les choses ne pouvaient être plus claires. Si Mantegazza n'avait pas participé à l'enlèvement de son père, il en avait été la main invisible. Il méritait d'être crucifié.

Trente, Bibliothèque de l'Université

Mardi 5 décembre

— Carlotto !

Giancarlo Bachmann se retourna. C'était Lucia Pretti, du service de prêt. N'était-ce pas lui qui avait dirigé la thèse de Paolo Rivolta, un siècle plus tôt ?

Il regarda la bibliothécaire, inquiet. Pourquoi cette question ?

— On a eu une requête hier.

Un jeune homme était à la recherche d'une thèse écrite par un certain Paolo Mantegazza. Elle n'avait rien trouvé. Pourtant, après qu'il lui eut donné des indications très précises, elle localisa la thèse de Rivolta. Le pauvre garçon avait l'air perdu.

— Et les indications, tu t'en souviens ?

— Les Brigades Rouges et un livre de Canetti, *Masse et Puissance*. Tu n'as jamais eu un étudiant du nom de Mantegazza ?

— Je m'en souviendrais, répondit Bachmann.

— J'ai envoyé le pauvre garçon chez Santino, ajouta la bibliothécaire.

Bachmann fit quelques pas en direction de la sortie, s'arrêta, hésita et finit par retourner au comptoir :

— Tu as le nom du garçon, j'imagine ?

Bien sûr qu'elle l'avait. Quiconque voulait emprunter un livre devait présenter un document d'identité.

Elle ouvrit un grand registre et chercha :

— Le voilà. Barro. Renato Barro.

Bachmann hocha la tête et repartit avant que la bibliothécaire n'ait le temps de faire le lien.

Milan, Gare centrale

Mardi 5 décembre

Renato avait à peine quitté le wagon qu'il se mit à claquer des dents. Le temps était celui que les Milanais connaissaient bien : brumeux, glacial et d'une humidité qui pénétrait la moelle.

Il se sentit poreux, comme si l'air de la gare l'avait envahi tout entier, et parcourut en tremblant le hall qui menait aux quais. Il trouva un café, côté Piazzale Loreto, bondé, enfumé, bruyant, et rebroussa chemin. Arrivé au point médian du hall, il descendit l'interminable volée d'escaliers qui menait à la place de la gare en se tenant à la main courante et s'installa dans le premier café venu, via Vitruvio.

Un serveur s'approcha :

— Vous désirez ?

Il le regarda sans répondre.

— Tout va bien ?

Il continua de le regarder durant quelques secondes, puis hocha la tête :

— Cappuccino.

Ses sentiments basculaient sans cesse. Qu'allait penser Paolo ? Qu'il avait été fouiner. En flicaillon. Et voilà qu'il se retrouvait dans la situation de celui qui doit s'excuser. Quel langage tenir à Paolo, au moment où ils seraient face à face ? Lui parler de la liste ? Hurler ? L'agresser ? Il pourrait essayer de l'éviter, au dîner du soir, ou au repas de midi, le lendemain. Mais tôt ou tard, il serait devant lui. En plus, l'après-midi, il y avait répétition.

L'espace d'une fraction de seconde, il pensa demander son avis à Paolo, et le tragi-comique de cette idée l'anéantit. La personne qui avait participé au meurtre de son père était celle auprès de laquelle il pensait demander conseil, pour savoir, précisément, en quels termes il devrait l'accabler. Il était aux abois.

Il régla sa consommation et rebroussa chemin. La perspective de mettre en œuvre l'idée qu'il avait eue en rentrant de Trente ne fit qu'accroître son désarroi. C'était une idée extraordinaire et son effet serait terrifiant.

À nouveau il se mit à trembler. Au haut des marches, son regard tomba sur le tableau qui annonçait les départs. Le *Pendolino* pour Lausanne partait dans plus d'une demi-heure, et un *Regionale* pour Vérone dans moins de dix minutes. *Binario 12*, disait le tableau. Il resta quelques instants les yeux fixés sur l'annonce puis se dirigea vers le quai 12.

Trente, dans les locaux de la Gazzetta del Trentino

Mardi 5 décembre

— Un revenant !

Santino serra Bachmann fort dans ses bras.

— Quel bon vent ?

— D'abord, un café, répondit Bachmann.

Il s'en voulait de ne plus venir le voir depuis que la *Gazzetta* avait cessé de paraître. Pas comme il fut un temps...

— On naît, on grandit, on meurt, dit Santino. Raconte, par quel miracle ?

— Un hasard, répondit Bachmann.

Il passait par le comptoir des prêts, Lucia Pretti et sa collègue l'ont reconnu, elles lui ont dit, pour le jeune homme qui cherchait la thèse de Rivolta. Lui avait-il rendu visite ?

— À la lecture de mon article, il avait l'air un peu déçu. Alors, je l'ai envoyé à *L'Arena*.

Lutry, dans l'appartement de Paolo

Mardi 5 décembre

Assis sur son lit, Paolo était hébété par ce que Bachmann venait de lui raconter.

— Je passais devant le comptoir des prêts lorsque l'une des préposées m'a interpellé. Lucia, si tu te souviens. Elle connaissait le nom du garçon, mais elle ne semble pas avoir fait le rapprochement avec l'enlèvement de son père.

Il n'osa imaginer la déception de Renato. Comment le voyait-il désormais ? Comme le complice des assassins de son père et le pire des fourbes, bien sûr. Un homme immonde, qui avait voulu s'attirer les bonnes grâces du fils de sa victime. Le plus vil des bourreaux n'aurait pas agi de manière plus perverse.

Pourquoi lui avait-il parlé de sa thèse ? Des Brigades ? De Trento ? De Canetti et de ses théories ?

*

Au dîner, la directrice annonça que Renato souffrait d'un embarras gastrique et serait absent à la répétition du lendemain.

À peine de retour chez lui, Paolo se laissa tomber sur son lit. Cette histoire d'embarras gastrique n'était qu'un mensonge. Si Renato avait décidé de rester en Italie, c'était pour faire part de sa découverte à la police. Ou à la presse. Sans doute qu'il reviendrait dans quelques jours, après que lui-même eut été chassé de l'école.

Non. Il était en train de fantasmer. Ce serait un dévoilement. Pas une dénonciation. On dénonce un coupable. Pas quelqu'un qui a payé sa peine. Sa nouvelle identité n'était pas usurpée. Tout ce que l'on pouvait lui reprocher était d'avoir caché sa condamnation et son séjour en prison… Il était inconcevable d'être enseignant en ayant un tel passé.

Restait une épée de Damoclès. La liste. Encore fallait-il que quelqu'un établisse le lien.

À l'Auditorium Georges Alderson

Jeudi 7 décembre

Monsieur le Commissaire, si vous voulez bien entrer…

Texte en main, Paolo remplaçait Renato dans le rôle de Laudisi. Ils répétaient la première scène, celle qui mettait le personnage face à un policier. Paolo ressentit un vertige, serra les dents et arriva à murmurer :

Monsieur le Commissaire ! Auriez-vous des nouvelles ?

Le commissaire : *J'en ai !*

Laudisi : *Parfait !*

Le commissaire : *Tenez, par exemple…*

Le garçon qui jouait le commissaire sortit de sa poche une feuille de papier et la tendit à Paolo. Celui-ci la parcourut, les mains tremblantes.

Laudisi : *Le doute est toujours flagrant. Puis-je vous suggérer une façon de rendre service à la population ?*

Maintenant, il criait presque :

Détruisez ce demi-feuillet qui ne prouve rien ! Et sur l'autre moitié, écrivez autre chose !

Paolo crachait son texte. Sur scène, les élèves le regardaient, éberlués.

Pour rendre la tranquillité à tout un pays ! Vous comprenez ? À tout un pays !

Les derniers mots n'étaient pas dans le texte. Il s'arrêta et resta sur scène, les yeux fermés, immobile. Autour de lui, personne ne bougea.

Il essaya de sourire, ce fut une grimace.

— Fin de trimestre épuisante. On arrête pour aujourd'hui.

Il y eut un murmure sur scène. Petros lança :

— Qu'est-ce qu'il fiche, Renato ? Pourquoi il n'est pas là ?

Personne ne donna suite et ils se dispersèrent.

*

Au repas du soir, la directrice informa Paolo que Renato arriverait le lendemain avec le *Pendolino* de l'après-midi.

Lausanne, à la gare

Jeudi 7 décembre

Renato attendit de rester seul dans le wagon. Lorsqu'il quitta le train, le quai était déjà vide. Il se dirigea vers les escaliers et vit Paolo qui s'avançait lentement vers lui.

À deux mètres de Renato, il s'arrêta :

— Tu veux bien qu'on se parle ?

Renato fit non de la tête.

— Au Buffet de la Gare, on pourrait bavarder tranquillement.

Renato lui tourna le dos et s'éloigna d'un pas pressé.

À la salle à manger de l'Institut

Vendredi 8 décembre

— Tu nous as manqué, lança Petros, l'air de vouloir à nouveau en découdre.

Renato ignora la remarque de Petros et poursuivit son récit. Il racontait à João le mariage de sa mère.

— Je te dis que tu nous as manqué ! hurla Petros.

Les conversations s'arrêtèrent.

Renato se tourna vers Petros, le regarda durant quelques secondes, puis sortit une petite boîte métallique de sa poche et la posa ostensiblement devant lui. Il en retira ses contours d'oreille qu'il appliqua en prenant son temps, l'appareil derrière l'oreille et le petit tube glissé à l'intérieur du pavillon.

— Tu disais ?

L'une des filles porta la main devant la bouche. Une autre laissa échapper un sanglot. João était hilare. Petros semblait incrédule. Il resta figé quelques secondes, puis quitta sa chaise, s'approcha de Renato et, le tirant par la main, l'invita à se lever. Lorsque Renato fut debout, il le prit dans ses bras et le serra contre lui. Il y eut un instant de stupeur, puis toute la salle éclata en applaudissements. João remarqua que le dos de Petros était secoué de soubresauts. Il se leva, d'autres l'imitèrent. Très vite ce fut une ovation.

— Tu nous rejoindras au hip-hop, demanda João, maintenant que vous avez signé la paix des braves ?

— Je ne crois pas, répondit Renato. Vous êtes trop forts pour moi.

Il se tourna vers Petros :

— J'espère que je ne vais pas trop te manquer.

La tablée éclata de rire. Renato tourna la tête, vit que Paolo suivait la scène.

Depuis son retour, ils ne s'étaient pas adressé la parole.

*

— Comment va ton *private hip-hop* ? demanda João dès qu'ils furent seuls dans leur chambre.

— Magnifique, répondit Renato. J'adore.

— Tu sais que Josy et Mantegazza sont en couple ?

Renato le regarda, interloqué :

— Qui t'a dit ça ?

João eut un geste de la main :

— Toute l'école le sait.

— Depuis longtemps ?

— Des années.

Chez Paolo

Vendredi 8 décembre

— Tu me pardonnes de t'appeler si tard ?

Bachmann revenait de Vérone. Voyage interminable. À dix kilomètres de Trente, il avait fallu mettre les chaînes. Malgré l'heure, il tenait à l'appeler. Les nouvelles étaient excellentes. Le garçon l'avait effectivement devancé dans les locaux de *L'Arena*, mais Paolo n'avait aucun souci à se faire. L'article qui racontait la mort des deux kidnappeurs ne mentionnait pas son nom. Pas même une référence indirecte. En plus, personne en dix ans n'était venu le consulter, le responsable des archives le lui avait confirmé.

— Un détail, ajouta Bachmann. L'article reproduit une liste de noms, celle des industriels à enlever. Tu étais au courant de cette liste ?

Puis, comme s'il ne voulait pas laisser à Paolo le temps de lui répondre, il passa à autre chose.

Lausanne, Studio Josy

Samedi 9 décembre

Josy accueillit Renato, l'air grave :

— Il faut que je te parle.

Ils allèrent s'asseoir sur le canapé.

Elle avait décidé de quitter Lausanne. Dans une semaine, elle serait aux États-Unis. Là où était sa place.

Renato la regardait, pas sûr d'avoir bien compris.

— It's over. C'est fini.

Elle n'en pouvait plus de jouer à la black rigolote. Vendredi, elle donnerait ses derniers cours et samedi, elle s'envolerait pour la Californie du Nord, où s'était installée sa mère.

— Et M. Mantegazza ?

Elle eut un geste d'impuissance :

— Finito. Ne bouge pas.

Elle se leva, revint avec un appareil photo et lui sourit :

— Je t'ai dit : ne bouge pas ! Voilà, c'est fait.

Elle retourna s'asseoir près de lui :

— Aujourd'hui, j'ai envie de danser une seule danse avec toi.

Il resta muet.

Elle quitta le canapé, fit deux pas et se retourna :

— Tu veux bien ?

Il hocha la tête :

— Je veux beaucoup.

Elle s'approcha du tourne-disque, posa un quarante-cinq tours sur la platine et augmenta le volume. La voix cassée de Mina emplit la pièce :

Et si demain

— J'ai acheté le disque, dit Josy. Souvenir. Je le prendrai avec moi aux États-Unis.

Elle le regarda, l'air grave :

— Pas de hip-hop, n'est-ce pas ?

Il secoua la tête.

— Approche-toi.

Ils commencèrent à danser en slow, bougeant à peine.

— Tu es la plus belle chose qui me soit arrivée, chuchota Josy. La plus... transparente. See what I mean ?

— Toi aussi, dit Renato. La plus belle.

Chacun pensa demander à l'autre : et Paolo, ce n'était pas une belle rencontre ? Mais aucun des deux n'osa poser la question.

E se domani…

Elle sentit son érection.
— Tu veux faire l'amour ?
— Beaucoup, répondit Renato. Beaucoup.

Dans la chambre de Renato et João

Dimanche 10 décembre

Il avait passé la nuit à se retourner dans son lit. Tantôt il trouvait mille excuses au passé de Mantegazza. Dans la minute qui suivait, il se disait que lui accorder la moindre circonstance atténuante, c'était pactiser avec l'assassin de son père au lieu de le venger. Son devoir était de faire subir à Mantegazza une crucifixion publique.

Une question le taraudait. Trois jours plus tôt, lorsque Paolo était venu l'accueillir à la gare, il n'avait montré aucune surprise à sa brusquerie. C'est donc qu'il savait. Qui l'avait informé ? Les deux dames du service de prêt n'avaient pas fait le lien entre le patronyme de Rivolta et celui de Mantegazza. L'avaient-elles fait avec le sien ? Et le vieux journaliste ? Pour informer Mantegazza, il fallait connaître sa nouvelle identité, son adresse, son téléphone… Qui pouvait être au courant ? Sans doute avait-il officiellement changé de nom. Il ne pouvait pas vivre depuis tant d'années avec de faux papiers. Au moment de se faire engager à l'Institut, il avait dû présenter ses diplômes... Aurait-il pris le risque de tout raconter à Mme Hugues ? Sans doute que non. Avait-il un complice qui lui avait refait ses diplômes ? Tout cela était si confus. Après tout, Mantegazza avait payé...

Voilà qu'à nouveau il lui trouvait des excuses...

— Tu me dis ce qui ne va pas ? dit soudain João.
— Laisse-moi quelques jours.
— Alors cesse de te morfondre ! Bouge-toi !
— Je vais courir.

Il aurait pu prendre en direction de Vevey, là où Mantegazza n'allait jamais. Mais l'itinéraire était moins beau. Autant prendre en direction d'Ouchy. S'il croisait Mantegazza, il ferait semblant de ne pas le voir.

Sur le quai d'Ouchy, il fut surpris de trouver Petros assis sur un banc, l'air défait. Il prit place à son côté.

Petros lui raconta la répétition de la veille :

— Je ne l'ai jamais vu comme ça. On aurait dit un fou.

Renato ne réagit pas.

Petros le regarda, étonné :

— Ça ne t'inquiète pas ?

Dans l'appartement de Paolo

Jeudi 14 décembre

Prof. Giancarlo Bachmann
Facoltà di sociologia
Università di Trento
Alto Adige, Italia

Carissimo,

La culpabilité qui me dévorait depuis que je me suis trouvé devant ce garçon me paraît un havre de paix, comparée à la terreur qui m'habite, maintenant qu'il connaît la vérité. J'ai perdu son affection, dont je ne peux te dire combien elle m'était précieuse. J'ai perdu son admiration, imméritée, je le sais, mais si douce. J'ai perdu, surtout, son estime, qui me donnait un espoir, celui de pouvoir, un jour, retrouver ma dignité.

Tôt ou tard, Renato me dénoncera. Il est trop droit pour ne pas le faire. Il le doit à la mémoire de son père. Imagine ma honte devant les collègues qui m'ont fait confiance. Devant la directrice. Face à mes élèves. Imagine-moi devant Josy. Tous diront que je les ai moqués, que cette faute est plus grande que celles de mes actions de brigadiste, qui pouvaient passer pour sincères, alors que ces années de dissimulations et de mensonges ne peuvent qu'être le fait d'un manipulateur. Que pensera de mes silences Gabriella Barro, qui m'a remercié, sans le dire, mais enfin c'était clair, d'être pour son fils un père de remplacement ?

La journée d'hier était sans pitié. Je ne te raconte pas la répétition. D'un bout à l'autre, Renato a évité mon regard. Et le soir, Josy m'annonce qu'elle rentre dans son pays, que tout ce qu'elle a vécu à Lausanne est un échec, que notre relation n'a jamais été une relation vraie, qu'il y a toujours eu un voile entre nous, en particulier ces derniers jours, qui lui ont été insupportables. Nous avons fait l'amour, j'ai pensé tout lui dire, et pour finir j'ai manqué de sincérité. Une fois de plus, je me suis conduit en lâche.

Au-dessus de toutes ces misères que je me suis infligées et dont je suis seul auteur, la plus grande de toutes est l'infinie tristesse d'avoir déçu ce garçon. Lorsqu'il me regardait, il avait dans les yeux toute la confiance du monde. Voilà ce que j'ai perdu.

Comment vivre, dans ces conditions ? Je ne pourrai plus me cacher au fin fond du Brésil (tu te souviendras que j'avais commencé à apprendre le portugais). J'ai triché durant dix ans, je n'ai pas la force de continuer. Quant à me suicider, pour dire le mot, il faudrait que j'en aie le courage. Cela n'a jamais été mon fort. Toute ma vie, je me suis réfugié chez autrui. À Trente, nourrisson, j'étais déjà ailleurs. À l'université, aux Brigades, à Torre di Santa Maria, je suivais le mouvement, dans le confort de celui qui suit. La thèse de Canetti, celle de l'homme qui a besoin de se fondre dans la masse pour se sentir protégé, je pourrais l'appliquer à moi-même. La seule fois de ma vie où je me suis montré un peu courageux, je dis bien : un peu, c'est grâce à toi, à ton petit mot signé Carlotto, en rédigeant ma thèse. J'ai pris le contre-pied des brigadistes, pour ensuite me réfugier sous une fausse identité. Tu comprendras combien l'admiration de ce garçon me venait comme un don du ciel.

Je pense à mon travail, au théâtre. Sans doute est-ce pour cela que je m'y suis tant consacré. Pas pour les subterfuges qu'offre le théâtre, avec son cortège d'identités cachées, mais pour l'adhésion des élèves, un baume sur ma blessure ouverte.

Et toutes ces années passées à traduire Nietzsche ! L'exercice n'était qu'une manière de chercher des circonstances embellissantes à mes actes, de me disculper moi-même, à défaut de l'être par d'autres. Une lâcheté enrobée d'érudition. Les pensées de Nietzsche ne sont qu'une vanité, pour ne pas dire une supercherie. Par-delà bien et mal… Quelle farce ! Cela ne sonne pas seulement creux, ce sont là des mots mensongers. Il y a le bien et il y a le mal.

Oublions tout cela. Si je mettais fin à mes jours, cela accablerait le garçon. Il en éprouverait de la peine et de la culpabilité, j'en suis certain, malgré sa haine et son envie de vengeance.

Je te charge de mes maux, pardon. À qui parler, sinon ?

Il s'arrêta d'écrire, relut sa lettre et se sentit honteux. Honteux jusqu'à la moelle. Il ne pensait qu'à lui. Il ne parlait que de lui. Pas un mot sur ce qu'il avait infligé à Renato en participant à la mort de son père et en le manipulant, c'était le mot, pour gagner sa confiance et son affection.

Il resta quelques instants les yeux dans le vague. Puis il regroupa les feuillets de sa lettre en une petite pile et les déchira.

Lutry, chez Paolo Mantegazza

Jeudi 21 décembre

— J'espère que je n'ai pas bouleversé vos plans, dit Paolo.

Nadelmann lui sourit. Ses plans consistaient chaque soir à se préparer une tisane et à relire quelques vers de l'un des grands poètes allemands. Hölderlin en tête, bien sûr.

— Je ne vous priverai pas longtemps de ce plaisir, reprit Paolo.

Nadelmann lui avait posé une question, deux ou trois mois plus tôt :

— Vous m'aviez demandé si l'Italie me manquait. Je me suis attaché à Chandolin. J'essaie de substituer ses montagnes à celles de l'Italie, même si je ne suis pas sûr de toujours y arriver. Je me souviens vous avoir retourné la question. L'Autriche ne vous manque-t-elle pas ?

Nadelmann laissa échapper un petit rire. Vienne était tout simplement irremplaçable !

Paolo revint à la charge. Il n'y avait pas que Vienne. L'Autriche était aussi un pays de montagnes.

Nadelmann sourit :

— Tant mieux pour vous si les montagnes valaisannes vous rappellent les Dolomites. Sans vouloir vous heurter, aller me balader dans l'Alto Adige pour y flairer un peu d'Autriche ne me passerait pas par l'esprit. Je suis sûr que c'est ravissant... mais je n'y mettrai jamais les pieds !

Il se leva et fit un clin d'œil :

— Hölderlin s'impatiente. Vous savez ce que c'est, il n'a plus beaucoup de clients, alors il s'accroche aux anciens...

Paolo se leva à son tour, l'accompagna jusqu'à la porte.

— On se verra à la rentrée, j'espère ? demanda Nadelmann, soudain grave.

— Bien sûr.

Ils restèrent quelques instants face à face devant la porte, les yeux dans les yeux. Paolo posa la main sur l'épaule de Nadelmann :

— Donc, l'Autriche vous manque quand même.

Ce n'était pas une question. Nadelmann laissa passer un court silence :

— Ceux qui luttent contre l'injustice méritent d'être soutenus.

Ils se serrèrent dans les bras.

— C'est la première fois, dit Paolo.

— J'espère que ce n'est pas la dernière, répondit Nadelmann.

Dans la chambre de Renato et João

Jeudi 21 décembre

Demain, se disait Renato. Demain, enfin, les comptes seront soldés.

Du moins cherchait-il à s'en convaincre. Car un instant plus tard, il n'en était plus si sûr. Mantegazza s'était montré attentionné à son égard. Généreux. Des sentiments plus doux prenaient soudain le pas sur son envie de vengeance. Puis, dans la minute qui suivait, il se sentait à nouveau honteux d'oublier ce qu'avait subi son père. Mantegazza était doublement coupable. Toutes ses gentillesses n'étaient que pure hypocrisie. Renato s'accrochait alors au souvenir paternel, pensait à tel ou tel instant parmi les plus beaux qu'ils avaient vécus ensemble, et sa colère revenait, intacte. Il s'imaginait le lendemain soir, au moment des applaudissements, à l'avant-scène de l'Auditorium, levant la main pour obtenir le silence et annoncer à cinq cents visages souriants et admiratifs :

Mesdames et Messieurs, la pièce à laquelle vous venez d'assister a pour titre À chacun sa vérité. *Son choix, celui de notre cher Monsieur Mantegazza, n'est pas dû au hasard. Notre cher Monsieur Mantegazza sait que la vérité n'a qu'un visage. Mais il sait aussi qu'on peut la déguiser. Se faire appeler Paolo Mantegazza lorsqu'on a pour nom Paolo Rivolta.*

Le silence dans l'Auditorium serait absolu, le public stupéfait. La directrice le regarderait, affolée, impuissante, ne comprenant pas où voulait en venir ce garçon si calme, voyant poindre le désastre.

Se transformer en professeur d'italien alors que l'on a été membre des Brigades Rouges, voilà qui s'appelle déguiser la vérité. Faire ami-ami avec un élève de l'Institut alors que l'on a participé à la séquestration de son père, voilà qui s'appelle être indécent. Un père libéré après deux mois d'emprisonnement, anéanti physiquement et moralement, qui s'est suicidé. Vous l'aurez compris, c'est de Francesco Barro que je parle. Mon père.

Les spectateurs resteraient collés à leurs sièges. Pour Mantegazza, ce serait le déluge. Non, pas le déluge. Il ne serait pas emporté par les eaux. Il resterait sur place, entouré de ceux qui, jusque-là, le voyaient en héros. Mantegazza, coqueluche de l'Institut Alderson et repris de justice, assassin vivant sous une fausse identité, serait transformé en statue de sel.

C'est vrai, Monsieur, ce qu'a dit Renato, ou c'est une blague ?

Quant à lui, il resterait sur scène, face au public, droit comme un « i », à savourer sa vengeance.

Au Salon jaune de l'Institut Alderson

Vendredi 22 décembre

Bérengère Hugues accueillait les grands du monde comme une reine reçoit sa cour. Chaque invité avait droit à un petit mot personnel, d'une durée calibrée avec soin, une ou deux minutes si les parents étaient des célébrités, une ou deux phrases pour les autres.

Par instants, elle sentait sa joie se flétrir. Elle aurait voulu que son mari soit là. Qu'il la voie dans ses œuvres et crève de l'avoir sacrifiée pour une demi-mondaine.

Puis, très vite, sa joie revenait, intacte, à la vue d'une vedette de cinéma ou d'un prince régnant. La soirée serait un succès immense.

Son seul souci était la neige. Elle tombait dru sur Lausanne depuis le début de l'après-midi et beaucoup d'invités tardaient. Mais ce désagrément présentait un avantage. Le sentier qui menait du bâtiment principal à l'Auditorium était illuminé, et la nuit, sous la neige, le spectacle serait féerique.

— Chère Madame Barro, quelle joie de vous revoir ! Quelle élégance !

— Gianotti, répondit Gabriella en souriant. Je vous présente mon mari, Achille Gianotti.

La directrice s'excusa. Où avait-elle la tête ! Et Renato, l'avait-elle aperçu ? Voulait-elle qu'on l'envoie chercher ?

— Surtout pas ! dit Gabriella. Laissons-le tranquille. En revanche…

Si la directrice pouvait lui aménager un bref tête-à-tête avec le professeur Mantegazza, qui s'était montré si amical… Elle avait quelque chose à lui remettre, un souvenir, trois fois rien.

Sur la scène de l'Auditorium
Georges Alderson

Vendredi 22 décembre

Autorités, élèves, parents d'élèves, journalistes, professeurs, tous étaient venus. Devant une salle bondée, la pièce avait obtenu un triomphe. Les grandes scènes de Renato et de Petros avaient déclenché des salves d'applaudissements. Au moment des salutations, lorsque ce fut à Renato de s'avancer sur scène, le public lui réserva une ovation debout.

Le cœur battant, il leva la main. Mais il dut attendre. Les spectateurs continuaient de l'applaudir, déterminés à ce qu'il prenne la mesure de leur enthousiasme.

Enfin, le silence se fit. Les jambes molles, épuisé par l'effort, tremblant d'angoisse, il se lança :

— Mesdames, Messieurs… la pièce à laquelle vous venez d'assister a pour titre *À chacun sa vérité*.

Il n'arriva pas au bout du dernier mot. Un vertige le secoua. Il se reprit :

— Son choix, celui de notre cher Monsieur Mantegazza, n'est pas dû au hasard.

Les visages dans la salle se firent flous, le sol pencha sous ses pieds, et dans la seconde qui suivit, il s'écroula.

Il y eut un « Oh » de stupeur. De nombreux spectateurs se levèrent. Paolo accourut des coulisses et l'aida à se redresser. Lorsqu'il reprit ses esprits, Paolo se tenait à son côté, face à la salle.

Sa déclaration tronquée fut reçue comme un hommage au metteur en scène. Le public reprit son ovation. Le regard de Paolo croisa celui de la directrice. Voilà qu'elle secouait la tête d'incompréhension. Était-il possible que ces deux-là, qui avaient à cet instant mille raisons de jubiler, poussent des mines d'une telle tristesse ?

*

Une demi-heure plus tard, Renato était étendu à l'infirmerie. La main sur le front du garçon, la directrice souriait :

— Tu t'es trop fatigué, c'est normal.

Gabriella et Achille le regardaient, l'air préoccupé.

— Tu veux venir avec nous à l'hôtel ?

Il secoua la tête.

— Et notre ami Mantegazza ? reprit la directrice. Tout le monde veut le féliciter ! Sais-tu où il se trouve ?

À nouveau, Renato secoua la tête.

— Ta maman lui a apporté un petit souvenir…

— Un plat en argent gravé à son nom, ajouta Gabriella. Tu veux le lui remettre ?

— Sûrement pas, répondit Renato.

— Sois aimable avec ta mère, intervint la directrice.

Se tournant vers Gabriella, elle ajouta :

— Bizarre, quand même, qu'il ait disparu sans un mot… Nous le verrons demain. Je lui remettrai votre cadeau moi-même, soyez-en assurée.

Grand Rue à Lutry

Vendredi 22 décembre

Paolo courait. Malgré le froid, la neige et l'immense tristesse, il courait à en perdre haleine, glissait, se rattrapait, glissait encore. Il aurait voulu être à l'autre bout de la planète, là où il n'aurait plus à se cacher, plus à mentir sur la manière dont il avait mené sa vie, comme tout à l'heure, à l'Auditorium, lorsqu'on l'avait applaudi aux côtés d'un garçon qui ne voulait pas le regarder dans les yeux.

Il n'était pas dupe. Si Renato avait commencé par le citer, c'était pour annoncer qui il était vraiment.

Il repensa à sa soirée avec Josy, deux jours plus tôt. Ils s'étaient quittés en larmes, un peu parce qu'ils ne se reverraient plus, et beaucoup parce que la manière dont ils avaient fait l'amour disait bien combien ils étaient restés étrangers l'un à l'autre.

Comme avec Renato. Des relations gangrénées par les dissimulations.

Il continuait de courir à grandes enjambées, s'enfonçant dans la neige fraîche, impatient de se retrouver chez lui, de s'enfermer, de se barricader. Questionné par sa mère et par la directrice, le garçon avait sans doute révélé ce qu'il se préparait à annoncer avant de s'évanouir. S'il ne l'avait pas fait encore, il le ferait le lendemain. Ou le jour d'après. Et là, vraiment, lui ne saurait que faire de sa vie.

Janvier-février 1990

Vérone, Piazza Brà, Caffè al Teatro

Mercredi 3 janvier 1990

Rongé par le remords de n'avoir pas accompli son devoir, honteux d'avoir voulu l'accomplir, Renato n'avait goût à rien. Lorsqu'il ne pensait pas à ce qu'il avait découvert, il était dans l'angoisse de ce qui l'attendait. Comment se passeraient les retrouvailles avec Paolo, à la rentrée ? Où aurait lieu leur première rencontre ? Devant autrui ou en tête à tête ?

Sa mère avait mis Rosa au courant de son évanouissement, et celle-ci, contente de l'avoir à elle seule, ne le poussait pas à sortir. Il fallait qu'il se repose, qu'il se nourrisse.

Pourtant, l'explication fournie par Gabriella ne l'avait pas convaincue. Elle connaissait le garçon. Il n'était pas sous-alimenté, il était mélancolique.

Et lorsque Rosa demandait à Renato pourquoi il faisait grise mine, il lui répondait que tout allait bien, qu'est-ce qu'elle allait chercher là.

*

Tant pis s'il faisait froid et qu'il pleuvait, pour la première fois depuis dix jours il décida de sortir. Il prit par Corso Cavour, puis à gauche par la ruelle des Petites Maures, retrouva la via Roma et poursuivit jusqu'à Piazza Brà, où il arriva trempé.

Le Caffè al Teatro était vide. Il s'assit à l'une des tables accolées à la baie vitrée et balaya la place du regard. Elle semblait plus immense que d'habitude. Les arènes... La colonnade sans fin du palazzo Barbieri... La nudité du lieu... Tout avait l'air sinistre.

Un serveur déposa un cappuccino devant Renato et s'éloigna en maugréant. Où étaient les clients ?

L'endroit était vraiment trop glauque. Renato vida sa tasse et chercha à capter l'attention du garçon. En discussion agitée avec un collègue, l'homme lui tournait le dos. Renato n'avait pas mis ses contours d'oreille et dut s'approcher. Cela ne suffit pas à les sortir de leur dialogue. Ils semblaient surexcités au point qu'ils ne remarquèrent pas sa présence.

— Incroyable ! Qui te l'a dit ?

— Arturo. Si tu veux voir le journal, il est en cuisine.

Ils cessèrent leur échange, mais pris par l'émotion, ils continuèrent de ne pas prêter attention à Renato. Enfin, celui qui lui avait apporté le cappuccino remarqua sa présence.

Alors que Renato récupérait sa monnaie, l'un des deux hommes demanda :

— Et comment tu dis qu'il s'appelle maintenant ?

— Mantegazza.

— Mantegazza ? Après tout, pourquoi pas…

Renato s'approcha d'eux :

— Pardon, de quel Mantegazza parlez-vous ?

— L'un des cerveaux des Brigades. Il est de retour en Italie.

Renato ressentit un vertige.

— Comment ça, de retour ?

— Celui qui s'appelait Rivolta vivait en Suisse. C'est dans le *Corriere della Sera*.

Il secoua la tête en signe d'incrédulité.

— Quelle mouche l'a piqué ? Il n'était même pas recherché.

Renato quitta le café et courut jusqu'au kiosque situé à l'angle de Piazza Brà et du Corso Porta Nuova.

È tornato in Italia Paolo Rivolta, teorico delle Brigate (pagina 4), titrait le *Corriere*. Paolo Rivolta, théoricien des Brigades, est de retour en Italie.

En page 4, le surtitre était, en lettres grasses : *Une interview exclusive.*

Vérone, Piazza Citadella,
au salon de l'hôtel particulier des Barro

Jeudi 4 janvier

À la maison, il tomba sur sa mère :

— Te voilà enfin !

La directrice venait de l'appeler. Mantegazza était venu la voir le lendemain de la représentation théâtrale. Bien entendu, elle l'avait licencié :

— Et toi, tu n'as jamais rien remarqué ?

Renato haussa les épaules :

— Tu aurais voulu que je lui prenne ses empreintes ?

— Renato a raison, intervint Achille. Tu l'as toi-même décrit comme le plus distingué des hommes.

L'article détaillait les circonstances dans lesquelles Paolo avait obtenu un changement de patronyme et les motifs qui l'avaient poussé à se dévoiler, alors que rien ne l'y obligeait.

J'ai eu récemment la possibilité de partager mon secret. Cela m'a procuré un grand soulagement.

Peut-être qu'il pensait à leur relation, se dit Renato, et il en ressentit du réconfort.

Université de Stanford, Californie,
cafétéria de Tresidder Union

Jeudi 4 janvier

Son plateau à la main, Josy longeait le bar à salades d'un pas lent, jetant un coup d'œil distant à chacun des bols.

Arrivée avec son plateau vide devant la caissière, elle s'excusa :

— Je recommence.

— Ok, Josy.

Elle s'étonna. Ce n'était que la deuxième fois qu'elle venait déjeuner à Tresidder. Puis elle se rappela qu'elle portait le badge du Bookstore et qu'il indiquait son prénom.

Elle suivit à nouveau la queue. Laitue... endives... épinards... roquette... maïs... betterave... Coleslaw... Non. Salade de riz, de poulet, de pomme de terre... Non plus. Salade russe... Salade de bœuf... Œufs mayonnaise... Rien. Vraiment.

Elle aperçut un homme debout près de sa mère, en conversation souriante. Elle quitta la queue avant d'arriver devant la caissière, refit le parcours pour la troisième fois, attendit de se retrouver devant la salade de poulet et se servit chichement.

— Rien que ça ?

Elle sourit à la caissière, paya et s'arrêta quelques instants au seuil de la cafétéria. Sur la terrasse ensoleillée, les bavardages des étudiants créaient une gaieté qui lui était étrangère. Quelle idée d'être venue en Californie…

Sa mère semblait avoir envoûté l'homme. Cheveux blancs, de l'allure… Un professeur, pour sûr. Maintenant, il avait pris place à sa table. Il n'avait pas de plateau devant lui, c'est donc qu'il s'était arrêté au passage. Ils semblaient bien se connaître.

Trois semaines plus tôt, à son arrivée à l'aéroport, elle avait eu un instant de surprise en repérant sa mère. Mince comme elle mais plus grande de taille, cheveux coiffés au carré, elle avait le sourire des présentatrices de télévision. Par comparaison, elle-même passait pour un vilain petit canard.

Elle fit un calcul. Sa mère l'avait eue à dix-sept ans. Dix-sept et quarante-deux, cinquante-neuf. On aurait pu lui en donner dix de moins. Et cet air conquérant… La vie en Californie lui réussissait. Lorsque

Josy lui avait annoncé qu'elle rentrait à New York, sa mère lui avait suggéré de passer quelques mois avec elle, le temps de voir si elle ne voudrait pas plutôt vivre en Californie du Nord.

— La vie est douce dans la Bay Area.

Leur cohabitation se déroulait dans un climat étrange. Sa mère menait une vie sociale intense, sortait beaucoup, mais ne l'invitait jamais à l'accompagner. Josy s'était fait une raison : si sa mère lui avait proposé de venir en Californie, c'était aussi pour qu'elle prenne acte de sa réussite.

Au moment où elle s'approcha de la table, l'homme aux cheveux blancs repéra son regard, quitta sa chaise et déposa une carte de visite près de l'assiette de sa mère :

— Ma chère Luisa, ce fut un plaisir et ce le sera chaque fois.

Il inclina légèrement le buste devant la mère de Josy, eut pour elle un petit signe de la tête et s'éloigna.

Elle s'assit sur la chaise qu'il venait de quitter et jeta un coup d'œil à la carte de visite.

John W. Castro
Professor of Gynecology
Stanford School of Medicine

— C'est un ami ?

— Jamais vu. Il m'a remarquée à la bibliothèque. Un dragueur. C'est tout ce que tu manges ?

Josy ne répondit pas. Elle aurait mieux fait d'aller habiter à New York. L'appartement de sa mère, dans une rue coquette de Mountain View, était plus confortable qu'elle n'avait imaginé, et sa mère plus accueillante. Jamais le moindre heurt. Pourtant, elle ne s'y sentait pas à l'aise. Et ce poste de caissière au Bookstore que lui avait dégotté sa mère... Dans les écoles où elle donnait ses cours de hip-hop, les garçons et les filles la regardaient avec des étoiles dans les yeux. Ici, les étudiants passaient devant elle sans même lui jeter un coup d'œil.

Au Salon rose de l'Institut Alderson

Dimanche 7 janvier

— Je comprends ton désarroi, dit enfin Bérengère Hugues.

Aussitôt arrivé à l'Institut, Renato avait été convoqué au Salon rose. L'air sombre, la directrice l'avait invité à s'asseoir et ils étaient restés longuement silencieux, elle cherchant à capter le regard du garçon, lui les yeux baissés, impatient d'en finir.

Renato ne réagit pas.

— Si tu savais combien…

Elle laissa s'installer un silence.

Le garçon resta bouche cousue.

N'y tenant plus, elle l'interrogea :

— Tu l'as su quand ?

Les yeux toujours baissés, il raconta son voyage à Torre, la thèse, sa visite au bureau de la *Gazzetta del*

Trentino. Lorsqu'il s'arrêta, elle hocha lentement la tête :

— Je sais ce que tu ressens, va.

Il leva les yeux sur elle, le regard interrogateur.

— Je suis passée par là, ajouta-t-elle, à sa propre surprise.

Depuis qu'elle avait repris l'Institut, c'était bien la première fois qu'elle faisait un tel aveu. Et à un élève, en plus ! Un adolescent ! Sans doute connaissait-il déjà son histoire. Mariage à un banquier connu, humiliation d'apprendre qu'elle était la risée de la ville, divorce qui alimentait les dîners…

Renato l'écouta raconter ses malheurs, l'œil mauvais. La comparaison était injuste. Si son mari l'avait trompée aux yeux de tous, c'est qu'il se fichait d'humilier sa femme. Paolo, lui, n'avait pas cherché à lui causer du tort. Il avait agi en un autre temps, pensant faire son devoir. Condamné, emprisonné, il avait reconnu son erreur, s'était repenti, et lorsqu'il avait croisé Renato sur son chemin, s'était efforcé de lui faciliter la vie. Comparer les deux situations n'avait aucun sens. Cette directrice était une sotte.

Il se leva, dit « je dois défaire mon bagage » et quitta le Salon rose sans laisser à la directrice le temps de lui dire les mots consolants qu'elle avait préparés.

Salle à manger de l'Institut

Dimanche 7 janvier

Alors que le repas touchait à sa fin, la directrice demanda le silence et informa les élèves de l'invraisemblable situation dans laquelle ils se trouvaient. Bien entendu, le professeur Mantegazza n'enseignerait plus à l'Institut.

Elle se tourna vers la table de Renato :

— Il n'y aura pas de représentation théâtrale au trimestre d'hiver. Nos merveilleux acteurs attendront le printemps, le temps que l'on trouve un metteur en scène de talent.

Petros chercha le regard de Renato et chuchota :

— Tu connais *L'Ours* ?

— On l'a monté à Crans, répondit Renato. Un Tchékhov génial. J'avais joué Smirnov.

— J'ai peut-être une idée, reprit Petros.

Ils pourraient préparer la pièce sans rien demander à personne. Elle ne comptait que trois personnages et faisait la part belle au rôle de Smirnov, l'occasion d'un grand numéro d'acteur. Mais les deux autres personnages, une jolie veuve et Louka, son serviteur, avaient des répliques piquantes. Celui qui jouerait Louka pourrait se charger de la mise en scène.

Renato haussa les épaules. Il n'avait que faire de *L'Ours*. Penser au théâtre, c'était penser à Paolo.

Au dessert, il y eut la distribution des lettres arrivées durant la période de vacances. L'une d'elles lui était destinée.

Il la saisit le cœur battant. Le nom de l'expéditeur ne figurait pas sur l'enveloppe. Il l'ouvrit et en retira deux feuillets, écrits en italien.

Il les replaça dans l'enveloppe, quitta la table, et courut dans sa chambre.

De : Paolo Mantegazza
À : Renato Barro

Trento, le 27 décembre 1989

Mon cher Renato,

Si je me suis dévoilé, ce n'était pas par crainte que tu me dénonces. Tu aurais été amené à le faire, tôt ou tard, par respect pour la mémoire de ton père. Et tu aurais eu raison. Te voilà libéré de cette tâche. Du moins partiellement. Car il reste une zone d'ombre : la liste photographiée dans L'Arena. *Nous ne l'avons jamais évoquée. Je souhaite t'en parler, pour qu'ensuite tu agisses selon ta conscience.*

Si tu veux m'écrire, tu peux adresser ta lettre à cet ami :

Prof. Giancarlo Bachmann
Facoltà di Sociologia
Università di Trento
Via Giuseppe Verdi 26
I-38122 Trento

C'est lui qui m'a informé de ton passage au service de prêt.

Dieu sait si nous nous reverrons un jour.

Paolo

La tristesse des interminables mois d'été 1978 lui revint en mémoire. Sa mère agressive, Rosa qui ne souriait jamais, et Antonio, armé de son pistolet, qui jetait des regards dans tous les sens. Et cette atmosphère, qui régnait à la maison… C'était elle qui lui causait une telle tristesse. Pas ce qu'il advenait de son père. Il fouilla sa mémoire : s'était-il soucié, une seule fois de tout l'été, de savoir comment son père passait ses journées ?

Au moins, il était désormais convaincu qu'il n'était pas seul responsable de sa mort. La chanson de Mina avait peut-être augmenté sa mélancolie. Mais le vrai coup venait d'ailleurs. C'étaient les brigadistes, leurs hommes de main et leurs têtes pensantes qui l'avaient tué. Qu'avait imaginé Paolo, grand bienfaiteur des masses laborieuses ? Que l'on pouvait kidnapper un homme et le renvoyer chez lui une fois la rançon payée ? Du donnant donnant ? « Des dommages collatéraux ? Vous n'y pensez pas, Monsieur le président. » Quant à l'idée de demander pardon, elle n'avait sans doute pas même effleuré l'esprit de ce salaud. Tout ce qu'il méritait, c'était de griller en enfer.

À l'office de l'Institut Alderson

Lundi 8 janvier

— Il est très secoué, dit la directrice. Hier, alors que j'essayais de me montrer solidaire, le garçon s'est levé d'un coup et a quitté la pièce. J'ai peur qu'il ne fasse une bêtise…

Nadelmann leva timidement la main :

— Si j'osais…

— Osez, osez, lança la directrice.

La réflexion de Nadelmann viendrait en contrepoint de ce qu'elle venait de dire, elle le savait par avance.

— Je m'en remets à vos mots, reprit Nadelmann. Qu'avons-nous observé ?

Début décembre, alors qu'il avait établi avec Mantegazza des liens d'une rare complicité, le garçon découvre à la fois sa double identité et son rôle dans la mort de son père. Il rentre à l'Institut et, durant trois longues semaines, fait comme si de rien n'était. Il participe à la vie de l'école, va aux répétitions, porte son rôle de Laudisi avec un aplomb stupéfiant :

— C'est un dur, conclut Nadelmann. J'ai pleine confiance qu'il ressortira de cette aventure plus fort qu'avant.

Décidément, ce Nadelmann est insupportable, se dit Bérengère Hugues.

— Cher Professeur... Notre devoir est de protéger ce garçon. Peut-être que dans le cadre de votre cours de philosophie, en l'interrogeant sur tel ou tel sujet, vous pourriez nous rassurer sur ses états d'âme...

Plusieurs professeurs approuvèrent l'idée. On entendit des « très bien », « excellent », « bravo ». Le visage de Nadelmann s'éclaira de son petit sourire. Renato était trop intelligent pour ne pas flairer la manœuvre.

— Le cours de philosophie peut être un cadre naturel pour susciter une discussion, c'est vrai. Donnez-moi quelques jours. Le moment se présentera de lui-même.

Salon rose de l'Institut Alderson

Lundi 8 janvier

Bérengère Hugues aurait voulu que son mari assiste à la scène. Les deux garçons qu'elle avait devant elle avaient subi les coups du destin. Les dernières semaines avaient été cruelles pour Renato, soudain personnage d'une tragédie grecque, pour Petros, aussi. Le modèle d'homme qu'incarnait Paolo avait été foudroyé en plein vol. Il y a quelques mois, les deux garçons étaient comme chien et chat. Et voilà que grâce à elle, à sa présence à l'Institut, à son travail, à sa personnalité, ils faisaient corps. Elle aurait tant aimé que son mari reconnaisse son talent, et même ses talents, pour qu'enfin il se rende compte de sa bêtise d'avoir préféré une aventurière à une femme de sa qualité.

Mais voilà, du jour de leur première rencontre, son mari l'avait méprisée. Son problème, c'était qu'elle n'avait jamais voulu en prendre conscience.

Elle ferma les yeux quelques secondes et se ressaisit :

— Et vos camarades ? Ils ne seront pas jaloux d'être évincés ?

La tradition voulait que les pièces retenues permettent à un nombre aussi grand que possible d'élèves de participer à l'activité théâtrale. Ce que Petros et Renato proposaient allait dans le sens contraire.

— Renato et moi avons interrogé vingt camarades au moins, dit Petros. Aucun ne s'est montré jaloux. Plusieurs étaient enthousiastes du choix de la pièce.

La directrice se tourna vers Renato. Comment voyait-il le projet ?

— Nos camarades sont soulagés que le rôle de M. Mantegazza soit repris. Beaucoup se sentent trahis. Et le fait que je le remplace m'a valu des…

— Des embrassades et quelques larmes, intervint Petros.

— Des filles, surtout, reprit Renato.

Ils rirent.

— L'arrangement vous convient ? Vous n'allez pas vous disputer ?

Ils s'étaient mis d'accord sur une répartition des tâches. Petros tiendrait le rôle de Smirnov, Renato celui de Louka, et ce serait lui qui se chargerait de la mise en scène. Pour le rôle d'Elena Ivanovna, ils n'auraient aucun problème à trouver une bonne candidate. Mais avant de solliciter l'une ou l'autre des habituées, ils attendaient l'accord de la directrice.

— Et pour les décors ?

La pièce se passait tout entière dans le salon d'une petite datcha. Quelques vieux meubles feraient l'affaire.

Après tout, se dit Bérengère Hugues, n'était-ce pas une manière formidable d'annoncer au monde que l'Institut rebondissait avec vitalité au départ de Mantegazza ?

Elle se leva et les embrassa, soudain très émue.

Sur le quai d'Ouchy

Samedi 13 janvier

Cela faisait vingt minutes que Renato était assis sur le banc, jambes étendues et mains dans les poches de son anorak. Vingt minutes sous la pluie, tête découverte, le regard fixe devant lui. Le lac, très nerveux, avait ses couleurs tristes, gris souris près du quai, vert bouteille au large.

Il avait fait le parcours depuis Lutry au petit trot, sans piquer de pointe de vitesse. De temps à autre, il scrutait le sentier, loin devant lui. Se pourrait-il que Paolo soit revenu en Suisse ? Ne serait-ce que pour chercher ses affaires ?

Arrivé au dernier banc du quai, il s'était assis. Ce n'était pas un arrêt de fatigue. Plutôt un arrêt de tristesse. Ou de désœuvrement. Les parcours Lutry-Ouchy, avant que tout ne s'écroule, c'était pour croiser Paolo. Ou pour développer son souffle, comme l'avait suggéré Josy. Tout cela n'avait plus de sens.

Il quitta son banc, s'approcha de la rambarde et plissa les yeux. Aussi loin que le portait son regard, il ne vit pas un seul bateau sur l'eau.

Il retourna s'asseoir. Après tout, il se pouvait que Paolo, de retour en Suisse, ait décidé de faire le parcours de Lutry à Ouchy. Peut-être même dans l'espoir de le rencontrer…

Mais de Paolo, il ne vit pas trace. Après avoir attendu une heure, il rentra d'un pas traînant.

Café du Léman, à Lutry

Lundi 15 janvier

— Tu voulais qu'on discute ? demanda Petros.

Renato lui tendit la lettre qu'il avait reçue au courrier de midi :

— C'est de Rosa, ma gouvernante.

Vérone, le 11 janvier

Mon Tinett,

Si tu savais avec quelle angoisse je t'écris... Enfin, quand je dis je t'écris... C'est Antonio. Et pas seulement parce que je ne sais pas écrire ! C'était l'homme en qui ton père avait le plus confiance. Une confiance d'alpiniste, hein ? Si je lui ai demandé d'écrire, c'est aussi pour qu'il me dise qu'à ses yeux, je ne trahis pas la mémoire de notre Francesco.

L'autre soir, au téléphone, quand tu m'as lu le message de ton professeur, ta Rosa était sous le choc. Même si... Quelque chose m'avait mis la puce à l'oreille, le jour où tu l'as mené à ton café, à Lutry. Il était resté muet devant la bisciola. On aurait dit qu'il n'en avait jamais vu. Or, qui a grandi à Torre di Santa Maria connaît la bisciola mieux que son nom. Et tu dis bischöla, plutôt que bisciola, parce que c'est ainsi qu'on le prononce, à l'allemande. Ton professeur s'était même trompé dans la prononciation, disant bisciula, tu te souviens ? Autre chose m'avait intriguée. Une bisciola, c'est fait pour partager. Il avait coupé court, tu comprends, il craignait de se dévoiler. Tu vois, ta Rosa, elle ne sait pas écrire, mais bon, cristiana sì, cretina nò.

Cela fait trois jours que j'essaie d'y voir clair. La lettre de ton professeur a réveillé tant d'émotions... J'ai repensé à toi, à quand tu es né, à toi petit, à nos tête-à-tête, à ton père, à son enfance, à sa vie merveilleuse, à vous deux... C'est pour ça que je préfère t'écrire. Comment veux-tu que je te dise tout ça par téléphone sans me mettre à pleurer comme une crétine ?

Ça m'a été difficile de tout mettre ensemble, de repenser à ce que je te disais quand tu avais quatre ou cinq ans sur ce qui est bien et ce qui est mal. Tu t'en souviens ? Je te répétais : il faut écouter son cœur, pas sa tête. Et toi tu répétais après moi : il faut écouter son cœur. Je dis cela, je pleure, et Antonio se moque de moi.

Maintenant, je vois clair. Mantegazza a payé sa faute, et même trois fois. Il a fait cinq années de prison. Il a écrit une thèse courageuse, et si j'ai bien compris, il a montré que les brigadistes étaient des imbéciles et cela lui a valu des ennuis. Il s'est engagé à l'Institut, pour toi et beaucoup d'autres, sans relâche, pendant tant d'années. Et puis, disons-le, si les brigadistes avaient de sales méthodes, leurs idées étaient justes et généreuses.

Tu crois que je vais te dire : voilà plein de raisons de pardonner ? Eh bien non. Ce sont de mauvaises raisons. Pardonner en trouvant des excuses, c'est un pardon pauvre. Un pardon de comptable. Ce ne serait pas digne de toi. Pas digne du fils de mon Francesco.

Il y a autre chose de plus important. Cet homme t'a demandé pardon. Pas par les mots, je sais. Mais il a fait mieux. Il t'a demandé pardon par les actes. Il t'a regardé avec tendresse. Il t'a écouté. Il s'est mis à ta place et t'a conseillé. Il t'a donné autant qu'il pouvait te donner. Et il a été jusqu'à t'aider à découvrir son passé. J'imagine que de tout cela, tu es conscient.

Si tu devais lui pardonner, ce serait pour cette seule raison. Il t'a demandé pardon par les actes.

Tu feras ce que ton cœur te dictera. Sache cependant ceci, mon Tinett. Si tu ne lui pardonnes pas, je crains que tu ne sois jamais en paix.

Je t'embrasse avec toute mon affection,

Ta Rosa qui t'adore

Petros retourna les feuillets à Renato :

— Belle lettre.

Renato hocha la tête.

— Personne ne m'en écrit de pareilles, ajouta Petros en riant.

Ils restèrent quelques instants silencieux.

— Tu sais pourquoi on m'a collé ici ? demanda Petros.

Renato secoua la tête.

Aussi loin qu'il s'en souvenait, son père manifestait pour sa sœur une tendresse qu'elle rejetait, par gestes brusques, du moins lorsque lui, Petros, était présent. À seize ans, elle avait mis fin à ses jours. Pourquoi ? La famille expliquait son acte en répétant qu'elle était une enfant fragile, sensible, « neurasthénique ». Chaque fois que sa mère évoquait le drame, son père baissait la tête. Lui-même avait fini par se douter de quelque chose. Cinq ans plus tard, il n'en savait pas plus, et pourtant sa conviction était acquise. Si son père n'avait pas poussé sa sœur dans le vide, il était l'architecte de sa mort :

— Cela te rappelle une situation ? demanda Petros.

— Continue ton histoire, répondit Renato.

Petros vivait dans la haine de son père, et cette haine faisait qu'il lui ressemblait chaque jour davantage.

Il avait essayé cent fois de pardonner, avec autant de détermination qu'il pouvait, lui cherchant mille excuses : la tristesse qui l'avait anéanti à la mort de sa fille, la fragilité d'Artémis... Ce fut chaque fois sans succès, et cette impossibilité avait fait de lui un garçon cassant et vaniteux :

— Ne crois pas que je ne l'aime pas, surtout.

Il chercha le regard de Renato :

— Toi, tu as trouvé Mantegazza.

Renato soutint son regard en silence.

Petros se leva :

— Assez bavardé.

Ils parcoururent le chemin du retour en silence.

Au portail de l'Institut, Petros s'arrêta :

— Je ne pensais pas qu'un jour nous serions amis.

— Pour tout te dire...

— Je sais, fit Petros, toi non plus. Allez, bonne nuit.

Dans la chambre de Renato et João

Mardi 16 janvier

Renato trouva João étendu sur son lit, occupé à écouter de la musique rap.

— Tu permets ?

Il baissa le volume et s'assit sur son bureau, le visage caché par ses mains.

— Tu ne vas pas nous faire une crise, lança João. Raconte, plutôt.

Voyant que Renato ne l'écoutait pas, il quitta son lit et lui tapota l'épaule :

— Qu'est-ce qu'il te dit, ton pote Petros ?

— Que je devrais pardonner.

— Il a raison, dit João. Je suis passé par là. Si tu ne pardonnes pas, c'est toi que tu punis.

Renato arrêta la musique et s'installa à son bureau, pensif. Après une longue minute, il se mit à écrire :

Lutry, le 16 janvier 1990

Cher Professeur Mantegazza,

En allant à Trente, je voulais vous faire une surprise : revenir à Lutry avec une analyse de votre thèse. J'avais acheté Masse et Puissance. *Et puis tout s'est écroulé.*

À propos de la liste que vous évoquez :

1)) Je n'en ai jamais entendu parler.
2)) Je ne sais donc pas de quoi il s'agit.
3)) Je ne veux pas le savoir.

Serrez-moi dans vos bras,

Renato

Il plia la lettre, la glissa dans la poche de sa veste et se mit au lit.

Dans la chambre de Renato et João

Mercredi 17 janvier

Cela faisait deux heures qu'il tournait dans son lit. Sa lettre était celle d'un lâche qui faisait passer son confort personnel avant la loyauté qu'il devait à son père.

Il se leva d'un bond et en commença une autre :

Monsieur Mantegazza,

Je regrette infiniment d'avoir perdu mes moyens à la fin de notre représentation du 22 décembre. Je vous aurais exposé devant ceux que vous avez bernés durant tant d'années. J'aurais raconté vos mensonges et vos trahisons, vos complaisances odieuses, comme le choix de cette pièce, une manière perverse de banaliser vos crimes. Pensiez-vous être à l'abri, en changeant de nom et en jouant les gentils professeurs, alors que vous aviez les mains couvertes du sang de mon père ? M. Mantegazza, vous n'avez pas payé pour vos crimes et pour cela, je vous aurais crucifié devant tout le monde. Je ne l'ai pas fait, et je le regretterai jusqu'à ma mort.

Votre lettre est abjecte. Ainsi, vous vous seriez dénoncé pour « me libérer de cette tâche » ? Quelle tartufferie ! Faudrait-il que je vous en remercie ? Vous avez assassiné mon père et c'est moi qui vous serais redevable ? Arrivez-vous, le matin, à vous regarder dans le miroir ? Sans doute que oui. Preuve en est votre thèse, une trahison à l'égard des vôtres en prenant refuge derrière les thèses de Canetti.

Vous auriez pu plaider votre cause en restant solidaire de vos compagnons. Vous avez choisi la défausse. Votre thèse analyse les théories brigadistes dans la volonté fourbe de vous en dissocier. Et la fameuse « doctrine Rivolta »… Quelle farce sinistre. Vous êtes-vous interrogé sur le devenir d'un homme kidnappé, attaché à un lit durant des mois ? Une fois vos poches garnies d'un argent volé, pensiez-vous que pour lui les choses allaient reprendre leur cours, comme par miracle ?

L'autre jour, en classe d'allemand, M. Nadelmann nous a expliqué la signification profonde que prend le mot Mensch. Un homme droit et digne. Un homme humain.

Sie sind kein Mensch, Herr Mantegazza.
R.

P.-S. Sachez-le, j'ai fait l'amour avec Josy.

Université de Stanford, Californie,
à la cafétéria de Tresidder

Mercredi 17 janvier

Josy consulta sa montre. Il lui restait vingt minutes avant de reprendre son poste. Sa mère avait l'habitude d'arriver en retard, si ce n'est que cette fois-ci, le retard ressemblait à un lapin.

Un exemplaire du *San Francisco Chronicle* daté de la veille traînait sur la table. Elle se mit à le feuilleter, tout en jetant de temps à autre un coup d'œil en direction de White Plaza, par où sa mère devait obligatoirement passer en venant de la Mayer Library.

Elle l'aperçut enfin, assise sur l'un des bancs de la place, en discussion animée avec l'homme aux cheveux blancs. Maintenant, ils éclataient de rire. À l'évidence ils ne semblaient pas pressés de se quitter.

Elle reprit sa lecture nonchalante du *Chronicle* et sourit, soudain très heureuse. Le garçon dont la photo apparaissait sur deux colonnes, en page sept du journal, lui rappela Renato. Bien sûr, il n'avait de lui ni la beauté ni le charme, un simple air de famille, mais cela suffit à la mettre en joie. Dieu sait ce que faisait Renato à cette heure-ci. Neuf plus un égale dix. Dix heures du soir… Il devait être dans sa chambre, en discussion avec João.

Elle examina la photo plus attentivement. Non, cela ne pouvait pas être lui… Quoique… Elle baissa les yeux et se sentit défaillir. La photo était sous-titrée :

Heir to an industrial empire, Renato Barro was a student of his father's abductor.

Renato Barro, héritier d'un empire industriel, était élève du ravisseur de son père.

Sur le haut de la page, on pouvait lire, en caractères gras :

The charming Italian terrorist

et en dessous :

Durant huit années, Paolo Rivolta a enseigné sous une fausse identité dans un internat suisse. Coqueluche des élèves, il avait participé à l'assassinat du père de l'un d'eux.

Mountain View, 660 Mariposa Avenue

Mercredi 17 janvier

De : Josy
À : Renato

Renato, my darling,

Je viens de tout apprendre et j'imagine ta douleur. J'ai cru devenir folle. Je n'ose pas te demander comment tu vas. Où en es-tu, avec Paolo ?

Je suis en Californie, loin de tout, morte d'angoisse. J'essaie depuis des heures de l'atteindre à son domicile, en vain. J'imagine qu'il l'a quitté.

As-tu de ses nouvelles ? Peux-tu, malgré ton chagrin, me donner une adresse ou un numéro de téléphone où je pourrais le joindre ?

Je t'embrasse fort,

Je t'aime infiniment, tu le sais,

Ta
Josy

P.-S. Le téléphone de ma mère fonctionne également comme fax. Je te le donne, si par chance tu pouvais me répondre vite :
001 415 967 70 47

À Trente,
au domicile de Giancarlo Bachmann

Vendredi 19 janvier

De : Paolo Mantegazza
À : Renato Barro

Que connais-tu de la vie ?

Ton père te disait qu'à l'atelier, ils l'aimaient bien. Sans doute était-ce vrai. Mais comment en aurait-il été autrement ? Leur intérêt consistait à dire merci pour un salaire qui n'était qu'une aumône. As-tu jamais visité les bouges que les ouvriers appellent maison ? Et ta Rosa ? T'es-tu interrogé sur ce qu'a été sa vie, à nettoyer vos derrières pendant cinquante ans ?

Je suis resté solidaire de bout en bout avec ceux qui travaillent dans des conditions abrutissantes, gagnent une misère, et n'ont d'autre choix que de se montrer reconnaissants devant ceux qui les exploitent. Ton père et ton grand-père étaient braves avec leurs ouvriers, comme le colon caresse l'échine du colonisé.

Je n'ai pas à rougir de ma thèse. Je me suis éloigné des idées brigadistes parce que ce qui me reste de probité intellectuelle le dictait. Nous nous sommes trompés. Nos analyses ont péché par naïveté. Des gens comme toi, nés avec une cuillère en argent dans la bouche, doivent nous remercier d'avoir échoué.

Je n'ai jamais joué au « gentil », comme tu le dis. J'étais sincère. Attaché à toi. Admiratif de toi. Solidaire autant que je pouvais l'être. Et le choix de la pièce n'était pas une façon de m'absoudre, plutôt un choix en cohérence avec l'engagement que j'ai pris, il y a huit ans, de m'occuper de ceux qui naissent du côté des puissants, en me disant que leurs enfants seront puissants à leur tour, que rien ne pourra jamais changer cette réalité, et que le théâtre était le moyen le plus efficace de les sensibiliser à la détresse d'autrui.

Ta lettre m'a profondément blessé.

Je voudrais te serrer dans mes bras une dernière fois. J'espère que tu l'accepteras.

P.

P.-S. Je savais que Josy et toi aviez fait l'amour.

À la salle à manger de l'Institut Alderson

Mercredi 24 janvier

Vers onze heures du matin, la directrice remarqua l'arrivée d'une lettre adressée à Renato. Elle ne mentionnait pas l'expéditeur et avait été postée à Trente. Mantegazza n'en finirait donc pas de faire des dégâts.

Une heure plus tard, la lettre était remise à Renato. Ne remarquant pas qu'elle avait été ouverte, il la parcourut en vitesse et la passa à Petros et à João.

— Qu'aurait-il voulu ? demanda Petros. Que nos parents donnent tout aux pauvres ? Il les aurait accusés d'être paternalistes.

Renato ne répondit pas.

Ils étaient sur le point de se lever lorsque apparut la directrice :

— Tout va bien, les garçons ?

Ils hochèrent la tête, surpris par l'opportunité avec laquelle était venue la question.

— J'assisterai à la répétition, si cela ne vous embête pas, dit Bérengère Hugues en forçant un sourire.

*

La répétition se passa mal. Renato se montra d'une irritabilité incessante, reprenant Petros sur des broutilles.

Alors qu'ils remontaient vers le bâtiment principal, Renato s'arrêta :

— Laissons tomber.

Monter une pièce était la dernière chose à faire. Déjà que Paolo ne quittait pas ses pensées.

— Pas de problème, dit Petros.

Il ajouta en haussant les épaules :

— Tu aurais mieux fait de lui pardonner.

Classe de philosophie de M. Nadelmann

Vendredi 26 janvier

— Mes chers amis !

Nadelmann laissa s'installer un silence :

— Nous avons de la chance aujourd'hui.

Devant lui, une quinzaine d'élèves attendaient sa facétie.

Il en faisait une règle. Pour rendre un cours de philosophie inoubliable, il fallait l'introduire par un mot, une plaisanterie, quelque chose qui capte l'attention et rattache le sujet traité au quotidien.

— Notre chance porte un nom, mes chers amis, celui de l'un des nôtres. Et même un prénom et un nom. Initiales P.K.

— Platon Karamaounas, lança une fille.

La classe se mit à rire.

— C'est presque ça, reprit Nadelmann en souriant. Petros, vous allez nous aider. Auriez-vous la gentillesse d'analyser l'étymologie du mot paradoxe ?

Le mot avait une double racine grecque. *Para*, souvent utilisé comme préfixe, voulait dire *contre*, ou *à côté*. Le parecclésion d'une église byzantine est une petite chapelle accolée au bâtiment principal. L'autre mot était bien sûr *doxa*, la gloire, en grec moderne. Mais à l'origine, le mot désignait « ce qui est généralement admis ». Un paradoxe, c'était donc une vérité à côté de la vérité, voire contre la vérité :

— Une sorte de cohabitation surprenante, conclut Petros.

Le mot désignait des situations qui étaient vraies, reprit Nadelmann, tout en étant contraires aux attentes. Pour illustrer l'extrême du paradoxe, il proposait à la classe d'analyser un poème. L'un des élèves connaissait-il le « If » de Kipling ?

Plusieurs mains se levèrent.

— C'est une suite d'états d'esprit qui peuvent paraître contradictoires. Je vous demanderai, à tour de rôle, de commenter chacune de ces situations. Elles débutent toutes par « si ». Je vous lis le poème, tel que l'a traduit André Maurois. Commençons par la première proposition.

Si tu peux voir détruit l'ouvrage de ta vie,
Et sans dire un seul mot, te mettre à rebâtir…

— Vous !

Nadelmann pointa du doigt l'une des élèves :

— Qu'en pensez-vous ?

— Je pense que c'est impossible, Monsieur.

La classe éclata de rire, et Nadelmann fit de même.

— Vous avez presque raison. Mais presque seulement. Ce qui veut dire que vous avez tort. Car le premier mot est « si »... C'est donc une condition. Elle sera « presque impossible » à atteindre, pour reprendre votre mot et le mien. Presque. Mais pas tout à fait impossible. La condition qu'il convient de remplir ici est celle de la grande exigence. C'est ce qui fait la beauté du poème et lui donne son élévation morale.

La jeune fille hocha la tête, l'air grave. Nadelmann poursuivit la lecture du poème :

Ou perdre en un seul coup le gain de cent parties,
Sans un geste et sans un soupir

— Est-ce que Petros voudrait commenter ces deux vers ?

La classe s'esclaffa à nouveau. Connu pour son amour du poker, Petros sourit :

— Je rends les armes, Professeur.

Nadelmann poursuivit :

— Et voici la proposition suivante, qui devrait vous réjouir.

Si tu peux être amant sans être fou d'amour

Ce fut l'hilarité générale. En quelques secondes, la classe se mit à scander :

Personne – Personne – Personne

Toujours souriant, Nadelmann attendit que la chorale s'estompe :

— Et maintenant, ceci :

Si tu peux être fort sans cesser d'être tendre

Il y eut un silence.

— Renato, voulez-vous nous commenter ces deux vers ?

— Ils sont nietzschéens.

— En quoi le sont-ils ? demanda Nadelmann.

Aux yeux de Renato, c'était simple : il fallait être un surhomme.

À nouveau, un silence s'installa.

— Mais celui qui y arrive… quel ne sera pas son bonheur ! Êtes-vous d'accord avec cette proposition ?

Renato hocha la tête.

— Permettez que je vous lise la fin du poème. Kipling dit ceci :

Alors les Rois, les Dieux, la Chance et la Victoire
Seront à tout jamais tes esclaves soumis,
Et, ce qui vaut mieux que les Rois et la Gloire,

Nadelmann laissa passer un silence…

Tu seras un homme, mon fils.

— Qu'en pensez-vous ?

Étranglé d'émotion, Renato fut incapable de répondre.

— J'ajoute cette question, difficile il est vrai : savez-vous ce qui sépare ces deux propositions ? *Si tu peux être fort*, de *sans cesser d'être tendre* ? Ou, dit autrement, où se rejoignent-elles ?

Renato secoua lentement la tête.

— Elles se rejoignent dans le pardon, qui demande de la force autant que de la tendresse. Ce sera lui qui permettra à celui qui pardonne de retrouver un bonheur qui lui semblait inatteignable.

Les yeux brouillés, Renato quitta la salle. Toute la classe l'applaudit.

Après le cours, Nadelmann s'approcha de Renato :

— Voulez-vous que nous en reparlions un jour ?

— Je crois avoir compris, répondit Renato.

Trois ans plus tard
Décembre 1993

Université de Stanford, Tresider Union Café

17 décembre 1993

Il fallait souvent attendre la fin de la matinée pour que le brouillard qui enveloppait la baie se dissipe. Le climat du Pacifique chassait celui du désert, qui glaçait la nuit, et décembre prenait des allures de printemps.

Le vendredi, Josy terminait plus tôt et allait chercher Valentino à la crèche, à deux pas du Bookstore. S'il faisait beau, ils s'installaient à Tresider, le temps de déguster une glace, avant d'aller faire les achats de la semaine au Safeway de San Antonio Road.

— N'est-ce pas qu'elle est délicieuse ?

L'enfant ne répondit pas, occupé à dévorer ses trois boules géantes. À la crèche, elle l'avait trouvé pensif. À son arrivée, il ne s'était pas précipité pour l'embrasser. La maîtresse s'était approchée d'elle.

Jason, le meilleur ami de Valentino, avait perdu son père la veille. Elle avait expliqué aux enfants que Jason n'aurait plus de papa. Il allait vivre des jours douloureux et sa tristesse allait durer longtemps. Il fallait que les enfants le sachent.

Josy observait l'enfant manger sa glace avec application, comme il faisait toutes choses.

Elle étendit les jambes sous la table, ferma les yeux, et se laissa caresser le visage par la bise. Chacune de ses visites à Tresider la renvoyait à ce jour de janvier, lorsqu'un coup d'œil distrait à un exemplaire du *San Francisco Chronicle* daté de la veille lui avait appris la vérité sur Paolo.

Elle ouvrit les yeux et caressa du bout des doigts les bras de l'enfant. Il tourna son regard, et, les yeux fixés sur elle, attendit qu'elle lui parle.

— Tu ne m'as pas répondu. N'est-ce pas qu'elle est délicieuse ?

L'enfant hocha la tête, l'air grave, les yeux toujours fixés sur ceux de sa mère.

Elle resta immobile, puis, très lentement, esquissa un sourire. Quelle chance elle avait eue !

Elle se souvint. Le choc à l'annonce. La dispute avec sa mère. « Tu vas te gâcher la vie entière. » Sa conversation au téléphone avec Paolo, après l'avoir trouvé, enfin, pour lui dire l'indicible.

À la naissance, il n'y avait déjà plus de doute.

— Tu es triste pour ton ami Jason ? demanda Josy.

L'enfant acquiesça.

Elle allait lui parler. Un jour. Tôt ou tard. Elle le savait. Avec Paolo, ils en avaient discuté. Ce serait à elle de le faire. Là aussi, ils étaient d'accord. D'emblée.

Elle ferma à nouveau les yeux et prit son souffle.

— Tu sais que tu as beaucoup de chance ?

Quelquefois les enfants n'avaient pas de papa. Presque tous avaient un papa. Et voilà que lui en avait deux :

— Tu as deux papas, mon trésor.

Il la regarda. On l'aurait dit à peine étonné :

— Deux papas ? Pourquoi l'autre n'est-il pas avec nous ?

Son autre papa était très loin. De l'autre côté de la terre. Et il n'avait pas la possibilité de venir le trouver, car il avait beaucoup de travail.

L'enfant resta silencieux, les yeux toujours accrochés à ceux de sa mère :

— Rachel, une fille de ma classe, a deux mamans.

— Tu vois, ça arrive aussi avec les mamans.

Elle ouvrit son sac et, d'une pochette, sortit la photo de Renato qu'elle avait prise à sa dernière visite. Le jour où ils avaient conçu l'enfant.

— C'est lui.

Il regarda attentivement la photo, puis chercha le regard de Josy :

— Pourquoi il ne vient pas nous voir ?

— Je te l'ai dit. Il habite très loin. De l'autre côté de la terre. Et il a beaucoup de travail.

Il y eut un long silence.

— Et mon papa d'ici, pourquoi il est toujours fatigué ?

Elle lui expliqua qu'il avait une vie difficile, avec beaucoup de chagrins, alors il y pensait souvent et cela le rendait très triste.

— C'est pour ça que des fois il pleure ?

— C'est pour ça, répondit Josy. Mais c'est le meilleur papa du monde et il t'aime infiniment, tu le sais, n'est-ce pas ?

L'enfant hocha la tête, plusieurs fois :

— Il me le dit souvent.

— Il t'aime infiniment, répéta Josy. Et toi aussi, tu l'aimes infiniment, n'est-ce pas ?

Il hocha à nouveau la tête.

— Il faut beaucoup l'aimer. Comme la maîtresse vous a dit d'aimer Jason très fort, pour le consoler de son chagrin.

— Et mon autre papa ?

Lui aussi avait eu de gros chagrins. Mais c'était aussi un très bon papa, qui l'aimait beaucoup.

Il lui demanda si un jour elle lui raconterait les chagrins de son papa d'ici.

— Je te le promets, dit Josy. Un jour, quand tu seras grand, je te raconterai tous ses chagrins.

Bureau des conseillers aux études, Université Bocconi, Milan

17 décembre

— Franchement, je ne te comprends pas, dit le conseiller aux études.

Le coude sur la table, le front posé sur la paume ouverte de sa main, il regardait Renato, accablé :

— Tu es bien le fils de Francesco Barro ?

— Oui, répondit Renato. C'est moi.

Il avait attendu le dernier moment pour faire valider son sujet de mémoire : *L'action des Brigades Rouges et son impact sur l'économie italienne, 1980-1990.*

Le conseiller eut un geste fataliste :

— Bon. *Contento tu, contenti tutti*[1]. Le sujet est intéressant, bien sûr. Difficile. Il faudra que tu interroges les grands syndicats, CGL, CISL, UIL, pour voir l'impact des Brigades sur l'organisation du travail. Tu devras écouter ce que te diront les dirigeants

1. En substance : si ça te fait plaisir...

des grandes entreprises, ceux qui ont eu des morts et des blessés parmi les leurs. Un gros travail. Mais intéressant. D'accord. Et après ? Tu as une idée des conclusions auxquelles tu vas aboutir ? Tu dois bien avoir une hypothèse de départ.

Renato s'expliqua sans s'émouvoir. Il ne cherchait pas à défendre les actions des Brigades, il se bornait à soulever une question qui lui paraissait légitime. Est-ce que leur action avait été utile à l'économie ?

— Et au final, demanda le conseiller, tu pourrais aboutir à la conclusion que, malgré les blessures infligées au pays, l'effet des Brigades a été globalement positif sur l'économie du pays ? C'est ça ?

Renato hocha la tête.

L'autre le regarda, l'air effaré :

— *Porca miseria*, tu es le fils Barro et tu défends ces gens ?

— J'essaie de comprendre ce qui s'est passé, répondit Renato.

Six mois plus tard
Été 1994

Cuisine de la résidence Barro

Samedi 25 juin 1994

Rosa battait les blancs d'œufs comme si elle voulait se venger d'eux. Depuis vingt-cinq ans que Gabriella était venue s'installer chez les Barro, ce n'étaient pas les vexations qui manquaient. Rosa avait appris à vivre avec. Mais celle d'hier ne serait pas oubliée. Ni pardonnée. Jamais. Elle avait élevé ce garçon. Elle l'avait soigné, torché, nourri. Consolé un million de fois. Mais assister à sa remise de diplôme lui avait été interdit. Elle n'aurait embarrassé personne, sa patronne le savait très bien. Il est vrai qu'elle n'avait pas pris un seul repas à la même table que Madame, si ce n'est durant les horribles semaines de l'été 1978, lorsque Francesco était séquestré et que de temps à autre, Madame daignait venir s'asseoir avec ceux de l'office, en leur faisant bien sentir combien cela lui était désagréable.

De toute façon, sa spécialité à elle, Rosa, c'était de ne pas accepter la réalité. Elle avait beau répéter à qui mieux mieux, dans son dialecte frioulan, son « *Bisugna viodi lis rubis cemoût ch'a son* », il faut voir les choses comme elles sont, elle était bien incapable d'appliquer la règle pour son compte. Sinon, elle n'en serait pas là, à son âge : pas de maison, pas de famille, et piégée chez la Signora Barro à subir ses misérables humiliations.

Elle avait commencé ses courses tôt le matin chez le boucher. Le pauvre homme avait eu la mauvaise idée de lui suggérer le filet.

— Pour une *tagliata*, il n'y a rien de mieux.

Savait-il qu'elle n'en était pas à sa première *tagliata* ? Ce qu'elle lui demandait, ce n'était pas un conseil mais six cents, sept cents grammes de jarret arrière. Une viande tendre, persillée et goûteuse, qu'elle savait apprêter mieux que quiconque. Badigeonnée à l'huile d'olive et bien frottée d'une gousse d'ail, en y ajoutant sel, poivre, romarin, moutarde, elle faisait la meilleure *tagliata* du monde. Elle avait beau ne pas être bouchère, quand il s'agissait de cuisine, elle savait deux ou trois choses. Le pauvre homme en était resté interloqué.

C'était en tranches fines que Renato aimait la viande, c'était donc ainsi qu'elle allait la préparer. Son seul souci était qu'elle devrait passer la viande sur une poêle brulante en dernière minute, et que comme entrée, elle tenait à faire des gnocchis au gorgonzola, l'autre plat préféré de Renato, qui nécessitait aussi une finition de dernier instant. Par chance, son dessert préféré était le tiramisù. Pas de problème de ce côté-là, le gâteau devait être placé au réfrigérateur bien avant d'être servi. Seul resterait le saupoudrage de cacao, une opération sans risque.

Elle finit de battre les blancs d'œufs au point de pouvoir les couper au couteau, ajouta au mascarpone les jaunes et le sucre, imprégna le gâteau d'amaretto, fendit la gousse de vanille et fit tomber les graines dans le mélange. Mais elle avait beau s'activer et penser au plaisir de se retrouver dans quelques heures en tête à tête avec son Tinett, elle restait dans son chagrin, blessée et triste de n'avoir pas été là au moment où on le couronnait *dottore*.

Dottore… Alors qu'elle était en train de marquer les gnocchis à la fourchette, le souvenir de la dernière soirée que Renato avait passée à Crans lui revint. Elle lui avait préparé les mêmes gnocchis au gorgonzola, et, dans l'angoisse de l'internat qui l'attendait le lendemain, il s'était montré incapable d'en mettre plus de deux en bouche.

Quand avait-il goûté au plat pour la première fois ? Elle fouilla sa mémoire. Il devait avoir trois ou quatre ans. Elle les avait préparés pour Francesco, dont c'était le plat préféré. Les mêmes gnocchis au gorgonzola.

— *Un boccone* ? lui avait proposé son père. Une bouchée ? Mais attention, ils sont forts. Tu sais, quand la Rosa fait quelque chose, elle y met du goût !

Renato avait ouvert la bouche, Francesco lui avait enfourné une cuillerée de gnocchis, et le garçon avait hoché la tête en souriant, les yeux brillants, tant ils étaient poivrés.

Pauvre Tinett. Déjà qu'avant, ce n'était pas le garçon le plus exubérant de la terre… Mais avec ce Mantegazza qui lui collait à la peau au point d'aller prendre un logement via Arena, la rue où il avait habité… Dieu sait dans quels autres pèlerinages le garçon s'était lancé… « Quelle idée d'aller vivre via Arena », s'était-elle écriée, lorsqu'elle avait appris qu'il allait s'y installer. « S'il te plaît, fiche-moi la paix. » Il s'était ensuite approché d'elle et l'avait embrassée. « On est à un quart d'heure à pied de la Bocconi, sinon il y a le tram 29, la *circonvallazione*, deux arrêts, et on y est. » Elle avait pensé lui répondre : tu me prends pour une demeurée ? *Cristiana sì, cretina nò* ! Mais elle s'était retenue.

Le jour où Renato lui annoncait au téléphone qu'il avait écrit une lettre méchante à son professeur, et qu'il avait ajouté « parce qu'il y a papa au milieu de tout ça, tu comprends, et je veux pouvoir le regarder en face chaque fois que je pense à lui », elle n'avait pas adhéré à l'idée une seule seconde. Son père était mort et Mantegazza était vivant.

Elle acheva de marquer les gnocchis, les plaça au réfrigérateur et se mit à préparer la sauce, mêlant des copeaux de parmesan à du lait chaud avant d'y ajouter un morceau de fromage fondant. Elle poivra abondamment, goûta et mit le bol au réfrigérateur. Il allait aimer.

*

— Et toi, tu ne manges pas ?

Renato engloutissait gnocchi sur gnocchi.

Elle sourit, soulagée. Elle avait égaré son écumoire, et le temps de le chercher, les gnocchis avaient bouilli une demi-minute de trop. Cela avait suffi à leur faire perdre de leur fermeté.

— Je n'en ai jamais mangé d'aussi bons, ajouta Renato, je t'assure ! Tu as changé ta recette ?

Elle fit non de la tête et mit un gnocchi en bouche. Vraiment trop cuit.

Elle caressa le garçon des yeux, joyeuse de le voir si fort, si beau, si impatient de partager avec elle ses projets pour l'été.

Juillet serait consacré à la logistique. Son avant-dernier stage ! En août, ce serait « *l'ultimissimo*, le dernier dernier ». Il voyagerait dans toute l'Italie étudier les Barro Bars.

Rosa lui demanda ce qu'il ferait, une fois sur place.

— Étude de rentabilité par groupe de produits, tu vois : produits secs, salés, sucrés, plats cuisinés, glaces, boissons... Combien chacun coûte, combien il rapporte, combien on en vend, lesquels on pourrait éliminer... Des analyses complexes.

Fin août, il deviendrait l'assistant personnel d'Achille, histoire de se familiariser avec tous les aspects de l'entreprise avant d'en prendre un jour la direction. « Dans quelques années... » Et il se chercherait un logement, enfin !

Elle le regarda. *Dottore*...

— Et dis-moi, alors, qu'as-tu fait pour obtenir le titre ?

Il haussa les épaules :

— La *laurea*. Comme tout le monde.

Il avait dit ces mots à la va-vite, la bouche pleine.

Il piqua trois gnocchis qu'il roula dans la sauce avant de les avaler. Elle le regarda manger. Sans doute qu'il ne lui en dirait pas plus, pour ne pas la vexer, craignant qu'elle ne comprenne pas.

Elle attendit qu'il déglutisse et lança, comme malgré elle :

— Tu pourrais essayer de m'expliquer, quand même !

Il s'emplit à nouveau la bouche et, tout en mastiquant très vite, se mit à parler par bribes à peine audibles, le regard ailleurs.

Elle n'en saisit pas un mot :

— Donne-moi son titre, au moins.

— *L'action des Brigades Rouges et leur impact sur l'économie italienne, 1980-1990.*

C'était donc ça…

Il avait passé six mois à interroger les dirigeants de Pirelli et de Siemens, ainsi que ceux des trois grands syndicats ouvriers, CGL, CISL, UIL. Il avait lu tout ce qui était susceptible d'avoir un soupçon de bienveillance à l'égard de l'héritage brigadiste. Pas question de le défendre, bien sûr. Mais le mouvement avait fait subir un électrochoc au pays, renforcé les mouvements syndicalistes et amélioré la condition ouvrière.

Rosa comprit ce à quoi il était en train de penser.

Cette comédie devait cesser :

— Cela fait plus de quatre ans que tu ne lui as ni parlé ni écrit. Si à tes yeux cette relation a une telle importance, eh bien écris-lui, *Santa Madonna* ! Dis-lui que tu veux le voir, discuter, t'expliquer ! Entre hommes ! Au moins, tu n'auras pas de regrets.

À la résidence Barro

Dimanche 26 juin

De : Renato
À : Prof. Manteggazza,
c/o Prof. Bachmann

Cher Professeur,

Je voudrais beaucoup vous parler. Je le voudrais même infiniment.

Avec mes sentiments très sincères,

Renato

Dans le train de Vérone à Trente

Lundi 4 juillet

Il aurait voulu que Paolo lise sa thèse. Qu'il assiste à ses entretiens avec ceux de la Pirelli, de la Siemens, avec les syndicalistes... Il aurait eu pour lui de l'estime.

Personne n'avait pris sa place.

La lettre qu'il lui avait adressée huit jours plus tôt était revenue fermée, marquée d'un tampon *Destinario sconosciuto*. Destinataire inconnu. Il se pouvait aussi qu'il ait prié le préposé à la poste de Trente de retourner la lettre.

Et s'il était mort ? La presse n'aurait pas laissé passer l'occasion. Il aurait suffi d'une rumeur pour que les grands journaux reprennent l'information. À moins qu'il ait émigré... Au Brésil, par exemple. Dans l'article de la *Gazzetta*, le bibliothécaire de la prison de San Vittore déclarait qu'il avait étudié le portugais…

— À ta place… avait ajouté Rosa. Et même par le prochain train. Au moins, tu sauras à quoi t'en tenir. Et qu'on en finisse avec cette tristesse.

Il avait pris un taxi et réussi à attraper le 11 h 04.

Le trajet durait une heure. Sans doute qu'à l'heure du repas, il ne trouverait personne. Mais s'il avait attendu de prendre le 13 h 04, il aurait changé d'avis.

Que lui dire, s'ils se retrouvaient face à face ? Qu'il ne quittait pas ses pensées ? Qu'avant d'écrire une lettre aussi méchante, il en avait écrit une autre, au contenu opposé ? Non. Il le serrerait dans ses bras. Pour autant que Paolo ne le repousse pas.

À Trente,
dans le bureau de Giancarlo Bachmann

Lundi 4 juillet

— Je savais qu'un jour tu viendrais !

L'homme, grand et sec, avait le visage parcheminé des montagnards. Il lança *Crousscott*, la forme italianisée du salut germanique *Grüss Gott*, et fit un geste en direction du seul siège situé devant son bureau :

— J'imagine que tu veux savoir où se trouve Paolo ? Je ne te le dirai pas.

Renato fit mine de se lever.

— Reste, dit Bachmann d'un ton ferme. J'ai à te parler.

Paolo avait tourné la page d'une relation dont il n'attendait plus rien, après en avoir espéré trop. Mais il y avait deux ou trois choses dont lui, Bachmann, voulait que Renato prenne conscience :

— La première est que Paolo a été meurtri par ta lettre. Il me l'a donnée à lire, comme il m'a fait lire sa réponse. La douleur qui émanait de chacune de vos lettres trahissait une amitié rare.

La deuxième était que Paolo était un homme d'honneur. Un juste face à l'injustice. Les brigadistes avaient affaire à beaucoup plus fort qu'eux. Leur méthode ne pouvait pas être autre chose que celle de leur slogan : *mordi e fuggi*. Mords et enfuis-toi. Une méthode de guérilla. Mais ces gens n'étaient pas des mafieux. Ils commettaient leurs actes comme on poursuit une mission sacrée, en étant prêts pour cela à subir l'inconfort matériel, l'extrême solitude, et, le cas échéant, la mort :

— Tu ne pourras jamais apprendre par la presse ce pour quoi Paolo se battait. Comment veux-tu que *La Stampa* de Turin donne une image honnête des malheureux qui montent du Sud à la recherche d'un travail à la Fiat, alors qu'elle appartient à cette même entreprise ?

Les *terroni*, les culs-terreux, comme on les appelait dans les villes du Nord, arrivaient à Turin par wagons entiers, débarquaient des « Trains du Soleil » qu'eux-mêmes avaient baptisés Trains de l'Espérance, et n'avaient pas fait trois pas qu'ils lisaient sur certaines façades d'immeubles, *Non si affitta ai*

Meridionali. On ne loue pas à ceux du Sud. Ce ne sont que des pouilleux en guenilles, à peine bons à exécuter les tâches les plus rebutantes :

— Les chanceux se retrouvaient à dormir dans des sous-sols, lit étroit, cassé, accolé à un autre lit tout aussi misérable, jusqu'à des vingt ou trente par pièce. Les autres passaient leurs nuits à la gare, couchés sur des bancs de pierre. Et cela, après des journées d'un travail abrutissant effectué dans un brouhaha d'enfer. Tu veux que je te montre des photos ? J'en ai. Voilà l'Italie que Curcio, Moretti et quelques autres voulaient transformer. Un pays impitoyable à l'égard de ses plus faibles. Qui avaient-ils à leurs côtés ? Des syndicats lâches et un Parti communiste soucieux de s'assurer une vie bourgeoise en signant un « compromis historique » avec la droite. C'est-à-dire personne. Alors ils ont passé des mots aux grèves, des grèves aux incendies de voitures, des incendies aux enlèvements et des enlèvements aux meurtres.

Il s'arrêta et chercha le regard de Renato :

— C'étaient des gens d'honneur.

Il contourna son bureau et tendit la main à Renato.

— Va, mon garçon.

Renato aurait voulu lui parler de son père. Ce n'était pas un patron profiteur. Il aimait ses ouvriers. Il était aimé d'eux, il l'avait vu.

Mais Bachmann l'impressionnait, et il partit sans avoir dit un mot.

Sur le chemin qui le menait de via Verdi à la gare, il passa par la via Torre Vanga, là où le journaliste de la *Gazzetta* l'avait renseigné sur Paolo.

Au deuxième étage, la plaque de laiton avait disparu, remplacée par un carton marqué *Regispani, Architetta.* Il entra et trouva une jeune fille occupée à tracer des lignes à l'encre de chine sur un papier calque. Savait-elle où se trouvait l'ancien occupant ? « Au ciel », répondit la jeune fille.

Il la remercia et se rendit à la gare.

Résidence Barro

Mardi 5 juillet

FAX

De : Renato
À : Josy

Ma chère Josy,

C'est avec beaucoup d'émotion que je t'écris.

Je l'ai fait de nombreuses fois, durant le printemps et l'été 1990. Tu ne m'as jamais répondu. J'en ai conclu que tu voulais tourner la page et j'ai respecté ton silence.

Si je t'écris maintenant, c'est que je souhaite, moi aussi, « tourner la page Paolo », la plus importante de ma vie. Je voudrais le faire dans la sérénité.

Il reste l'homme auquel je suis le plus redevable. Je me sens infiniment coupable, triste et bête de lui avoir envoyé une lettre violente et injuste, peut-être le sais-tu.

Il y a de cela une dizaine de jours, je lui ai écrit. Ma lettre m'est revenue, non ouverte. J'ai alors été à Trente frapper à la porte de son ami, le professeur Bachmann. Il n'a pas voulu me dire où se trouve Paolo.

Par miracle, le sais-tu ? Si oui, voudrais-tu me le dire ?

J'espère que ce message te parviendra.

Je t'embrasse fort,

Renato

P.-S. Voici mon numéro de fax à la maison : 0033.458.03.31.54.
J'espère de tout mon cœur que tu me répondras.

Résidence Barro

Mercredi 6 juillet

En fin d'après-midi, Renato entendit le grésillement du fax.

Il arracha le papier de son rouleau, lut le message en vitesse et se rendit à la cuisine où se trouvait Rosa :

— Elle m'a répondu.

À sa mine, Rosa comprit :

— Allons-nous asseoir et traduis-moi sa lettre.

Lorsqu'ils prirent place à l'office, Renato se mit à relire la lettre à voix basse. Rosa perdit patience :

— Alors ?

— Pardonne-moi. Voici ce qu'elle écrit.

J'ai lu ta lettre à Paolo, il y a quatre ans. Je m'en souviens encore. Elle était à vomir.

Rosa l'interrompit. Y avait-il un mot avant ça ? Un *Cher Renato* ?

— Non. Je continue.

Il pouvait t'ignorer, après t'avoir reconnu comme le fils Barro. Te donner un rôle médiocre dans la pièce. Ne pas t'aider à t'affirmer devant tes camarades. Ne pas t'envoyer chez moi. Il ne te devait rien. Et toi, gosse de riche, tu t'es comporté en petit rien du tout. Tu t'en es même vanté dans ta lettre à Paolo. J'étais la petite black qu'on baise.

Paolo n'a jamais souhaité la mort de ton père. Il était en prison au moment de l'enlèvement. Et si ton père a été laminé, c'est parce que ta famille et la police ont voulu à la fois récupérer la rançon et arrêter les brigadistes. Tout aurait pu être réglé en quelques jours : si ta famille avait payé, ton père se serait sorti de l'affaire sans casse. Mais voilà. Pour toi et les tiens, ce qui compte, c'est l'argent. L'argent et la police ! L'argent et l'ordre !

Paolo est ici. Nous vivons une situation difficile.

Je t'interdis de lui écrire. Tu lui as fait assez de mal. Laisse-nous en paix.

— Et ? demanda Rose.

— Et c'est tout.

— Pas de signature ?

Renato secoua la tête.

Rosa se leva lentement, s'appuyant des mains sur la table :

— On en parle à dîner, si tu veux. Je dois retourner à la cuisine.

*

C'était un garçon magnifique, Rosa le savait mieux que personne. Il lui rappelait son père Francesco. Mais cette lettre, écrite à Paolo quatre ans plus tôt tôt… Méchante… Cruelle… Ce garçon ne faisait pas que subir la solitude. Il la cultivait. Et dans cette affaire, la surdité avait bon dos. S'était-il fait des amis, à part ce numéro de Petros ? Même lui, il ne le voyait plus. Avait-il un cercle de camarades à la Bocconi ? Personne n'était jamais venu le voir. Il avait établi avec Mantegazza une relation comme on n'en réussit qu'une dans une vie. Et encore. Pas dans chaque vie. Et il l'avait détruite.

Résidence Barro

Mercredi 6 juillet

Antonio avait voulu se joindre à eux, et Rosa lui avait demandé de les laisser seuls. Elle et Renato avaient à parler.

Le dîner se déroulait en silence depuis une dizaine de minutes lorsque Renato leva soudain la tête et chercha le regard de Rosa :

— Qu'est-ce que je fais ?

— Tu tournes la page, répondit Rosa. Ils ne veulent pas de toi. Ni Paolo, ni Josy. Et je les comprends. Tourne la page et construis ta vie. En étant moins orgueilleux.

Il protesta. Il n'était pas orgueilleux du tout.

Pas orgueilleux, disons : susceptible. Comme sa mère. Ce qui revenait au même. Il n'avait pas écrit sa méchante lettre à Paolo par égard à la mémoire de son père. Il l'avait écrite parce qu'il s'était senti trahi dans l'affection qu'il lui portait :

— C'était une histoire d'amour entre vous deux. Dis que ce n'est pas vrai !

Il continua de la regarder dans les yeux :

— Tu ne m'as jamais parlé comme ça.

— Eh bien j'ai eu tort. Tu me demandes quoi faire ? Tu m'as posé la même question il y a quatre ans et tu n'as pas suivi mon conseil. Cet homme t'a aimé et tu lui as claqué la porte au nez. Cesse de pleurnicher.

Trois ans plus tard
Août 1997

Dans l'avion de Milan à San Francisco

Samedi 2 août 1997

Renato allongea les jambes et ferma les yeux. Il était épuisé. Tendu, aussi. Durant les deux heures qu'avait duré le trajet de Vérone à l'aéroport de Malpensa, Rosa n'avait cessé de lui faire la leçon. Il aurait pu aller passer trois semaines au bord de la mer, dans un bel endroit, à Forte dei Marmi ou à Capri, ou en Sicile, ou en Grèce, ou Dieu sait où ! Mais aller étudier en Amérique ! À son âge…

Sans doute avait-elle préparé son coup avec Antonio, car au moment de monter dans la voiture, il avait lancé :

— Vous, les amoureux, prenez place à l'arrière, vous serez mieux pour discuter.

À quoi cela avait-il servi, qu'il fasse toutes ces études ? En plus, M. Achille l'avait dit : « Renato devrait aller à Harvard. » Au moins c'était plus près. Tandis que ce Stanford *della malora*, au diable vert... En plus, qui la connaissait, cette école ? Harvard, même elle en avait entendu parler. Un endroit où il fallait être un génie pour être accepté, et on l'avait accepté ! Mais non, Monsieur Renato préférait aller à ce Stanford du diable que personne ne connaissait. Et pourquoi ?

Il lui avait expliqué dix fois que Stanford était aussi connu que Harvard, qu'au moins là-bas il faisait toujours beau, et que ce n'était que pour trois semaines, des cours pour dirigeants haut placés. L'occasion de rencontrer des hommes d'affaires de la côte Ouest des États-Unis, plus ouverts que ceux de la côte Est.

Ben voyons ! Tout ça pour courir après des gens qui ne voulaient pas de lui.

Rosa avait raison, il le savait. Mais il n'avait pas changé d'avis pour autant. Trois ans plus tôt, Josy vivait aux environs de San Francisco. De cela, il était sûr. Elle n'habitait peut-être plus à Mountain View, ou à Mariposa Avenue, l'adresse qu'elle lui avait indiquée sept ans plus tôt, mais elle avait toujours le même préfixe régional, 415.

La voix de l'hôtesse le sortit de ses pensées. Il se redressa sur son siège, boucla sa ceinture et ferma à nouveau les paupières.

Depuis des semaines, son esprit oscillait d'un scénario à l'autre. Il téléphonait, s'annonçait, et Josy ou Paolo lui raccrochait au nez. Il les croisait au supermarché. Il leur écrivait une lettre, ils l'appelaient, le retrouvaient à l'hôtel, et durant le repas, chacun s'expliquait avec émotion, après quoi Josy et Paolo le serraient dans les bras.

Il se souvint qu'un jour à Ouchy, au moment où Paolo et lui quittaient la terrasse de l'hôtel Beau-Rivage et se dirigeaient vers le quai, Paolo lui avait entouré les épaules de son bras, et il en avait ressenti un bonheur foudroyant.

Palo Alto, Californie,
Hôtel Ricky's House

Samedi 2 août

À la réception de l'hôtel, il remplit sa fiche aussi vite qu'il put, la tendit à la réceptionniste et l'interrogea d'un ton fébrile : savait-elle où se trouvait Mariposa Avenue ? La dame le toisa :

— Just one second, young man.

Elle lui demanda son passeport, prit le temps de vérifier sa fiche, décela une erreur de transcription et le toisa à nouveau :

— Pour Mariposa, prenez à gauche sur El Camino, direction Mountain View. Après trois ou quatre carrefours, un panneau vert vous indiquera Mariposa, sur votre gauche.

Elle lui tendit une clé, le regard sévère :

— Troisième étage.

Sans ouvrir son bagage, il s'affala sur un lit immense. Devait-il contacter Josy ? S'il la trouvait et qu'elle lui claquait la porte au nez, il en serait blessé. S'il ne la contactait pas, il s'en voudrait indéfiniment. Le mieux serait qu'il ne trouve pas sa trace. Qu'elle ait déménagé. Il suivrait trois semaines de cours détendu, sympathiserait avec quelques participants et s'en retournerait à Vérone. Page tournée.

Il descendit faire quelques pas le long des boutiques de l'hôtel. Et s'il croisait Josy et Paolo, là, à cet instant ? C'était l'heure du repas, ils auraient pu venir dîner.

Au bout de la petite allée, un faux chalet portait l'enseigne de Hertz. Un écriteau accolé à l'intérieur de la vitrine indiquait :

Yes, we are open

Il leur restait quatre voitures. Il en choisit une, se mit au volant et prit à gauche sur El Camino. Au bout de cinq minutes, il repéra l'indication. Deux cents mètres plus loin, une pancarte indiquait *Mariposa Club Apartments*. Il jeta un coup d'œil en direction de la porte d'entrée, poursuivit sur une centaine de mètres, rebroussa chemin et repassa devant l'entrée, cette fois plus lentement. Après l'avoir dépassée d'une cinquantaine de mètres, il accéléra brusquement et prit la direction de Ricky's House.

Toute cette histoire était absurde.

De retour dans sa chambre, il s'assit sur le lit, inspira profondément, expira, et composa le numéro de Josy. Au bout de six sonneries, un enregistrement s'enclencha. Il reconnut sa voix. « Vous êtes bien au 415 967 70 47. Nous ne pouvons pas vous répondre pour l'instant. Merci de laisser un message. » Il raccrocha et resta assis sur le lit, hébété. Ainsi, elle habitait la région. À nouveau il inspira profondément, expira, et recomposa le numéro de Josy. Lorsque l'enregistrement prit fin, il s'éclaircit la gorge : « C'est Renato. J'espère que tu vas bien. Je suis à Palo Alto. J'aimerais beaucoup te voir, et, si possible, voir Paolo. »

Ricky's House

Samedi 2 août

Vers 22 h 30, son téléphone grésilla. C'était un sms de Josy :

Viens vers six heures demain après-midi. Nous discuterons. 660 Mariposa, apt. 17, code 707R.

C'était dit d'un ton apaisé. Elle ne mentionnait pas Paolo. Peut-être qu'ils n'étaient plus ensemble. D'autant qu'elle n'était pas restée sur le ton de sa dernière lettre, défendant Paolo bec et ongles. « Nous discuterons… » Elle avait donc des choses à lui dire.

Il l'imagina, sur le seuil de la porte, Paolo à son côté. À quoi ressemblerait-il ? Aurait-il grossi ? Blanchi ? Comment allait-il l'accueillir ? Son cœur se mit soudain à battre très fort. Il aurait préféré qu'elle lui dise de venir tout de suite.

Pour tromper son impatience, il irait en repérage au campus. Mais pour repérer quoi ? S'être inscrit à ce cours était ridicule.

Il resta allongé longtemps, les yeux ouverts, incrédule de voir sa vie à ce point marquée par quatre mois d'automne passés en internat. Paolo ne quittait pas ses pensées. Il se souvenait de tout. Chaque discussion, chaque geste, chaque regard.

Il dormit habillé, d'un sommeil lourd. Vers minuit, il se leva, se déshabilla, prit une douche et passa la nuit à regarder la télévision.

À sept heures du matin, épuisé, les yeux irrités, il descendit à la salle du petit déjeuner, but trois tasses d'un café exécrable et remonta s'étendre.

Vers onze heures, il quitta l'hôtel, décidé malgré tout à occuper son esprit par une visite du campus. Mais arrivé à hauteur d'une première sortie d'El Camino, marquée *Escondido Village, Stanford University*, il décida de poursuivre en direction de San Francisco, passa trois autres sorties marquées *Stanford*, continua durant une demi-heure sur El Camino et se retrouva à Atherton, où il s'arrêta devant un coffee-shop marqué *Bagel's Paradise*.

Au moins que sa journée lui soit utile. Il choisit deux sortes de bagel, l'un au saumon fumé, l'autre au pastrami, essaya de s'intéresser au fonctionnement du coffee-shop, cherchant ce qu'il pourrait tirer comme enseignement pour la gestion des Barro Bars. Il n'en vit aucun, demanda qu'on lui emballe les bagels et quitta le coffee-shop.

Mountain View, 660 Mariposa Avenue

Dimanche 3 août

Ce fut Josy qui lui ouvrit :

— Tu es encore plus beau qu'avant.

Elle le prit dans ses bras et le serra contre elle :

— Viens t'asseoir.

Elle tremblait. Il se dit que son visage s'était desséché.

L'entrée donnait sur un salon où deux canapés gris étaient disposés l'un face à l'autre. Sur la table basse qui les séparait, quelques canettes de bière et des boissons gazeuses avaient été disposées.

— Sers-toi.

Elle le regarda décapsuler une canette de Coca :

— Qu'est-ce qui t'amène ?

— *Executive program*. Trois semaines.

Elle hocha plusieurs fois la tête :

— Tu travailles dans les glaces ?

Il acquiesça :

— Toi ?

Au Bookstore, la librairie de l'université. Depuis plus de sept ans. Désormais cheffe-caissière. Mais elle n'était plus à une caisse. Ou alors en remplacement, une demi-heure par-ci par-là. Sinon à un bureau, à contrôler les stocks et à préparer les réassorts.

Elle s'efforça de sourire :

— Ça me change du hip-hop.

Ils restèrent silencieux quelques instants, les yeux baissés, puis elle chercha son regard.

Elle vivait avec Paolo. Les premiers mois avaient été difficiles pour lui, qui baragouinait à peine trois mots d'anglais. Il s'y était mis, comme tout le monde. Il enseignait dans une petite université municipale, à Santa Clara. Allemand, italien, français. À des débutants, bien sûr. Un prof de trois langues, c'était inespéré pour l'université. Il avait un doctorat, cela avait achevé de les convaincre.

Elle lança :

— Tu te souviens de son doctorat, j'imagine ?

Renato baissa les yeux.

— Qu'est-ce que tu lui veux ?

Son ton s'était soudain durci. Il haussa les épaules :

— Faire la paix.

Elle martela :

— Jure-moi que tu ne lui feras aucun mal.

Il hocha la tête.

— Cet homme en a bavé depuis le jour de sa naissance. Et il a toujours été un homme droit.

— Pourquoi voudrais-tu que je lui fasse du mal ?

Elle saisit son téléphone portable et pressa sur l'une des touches :

— Tu peux venir.

Elle chercha le regard de Renato :

— Il sera là dans cinq minutes.

Elle posa son téléphone sur la table basse et but une gorgée de bière à même la canette.

Ils restèrent l'un face à l'autre, figés, silencieux, dans l'incertitude de ce qui les attendait.

Elle regarda sa montre :

— Je me demande bien...

À cette seconde la porte s'ouvrit sur Paolo.

Renato le trouva magnifique, très bronzé, plus beau encore qu'à l'Institut. Il s'était rasé la barbe, et son visage avait pris en majesté. Il était accompagné d'un petit garçon.

Josy avait les yeux braqués sur Renato.

Paolo resta sur le seuil et s'adressa à l'enfant en italien :

— Va dire bonjour comme je t'ai dit.

Le garçonnet s'approcha de Renato à pas hésitants. Quel âge peut-il avoir ? se demanda celui-ci. Sept ou huit ans. Il avait la peau des méridionaux, les cheveux blonds, les yeux bleus.

Renato le dévisagea : c'était son portrait.

Il se tourna vers Josy, perdu.

Elle hocha la tête en silence.

L'enfant lui tendit la main :

— C'est toi, mon deuxième papa ?

Renato regarda l'enfant, sans répondre. Le garçonnet resta figé quelques secondes, la main tendue dans le vide, et se mit à hurler. Paolo courut le prendre dans ses bras et quitta le salon.

Josy et Renato restèrent l'un face à l'autre, les yeux dans les yeux.

— Tu ne m'as rien dit, murmura enfin Renato.

Un quart d'heure passa encore, durant lequel ils restèrent silencieux. Seul leur parvenait le bruit étouffé des mots de Paolo à l'enfant.

— Je te ramène à ton hôtel, dit enfin Josy.

Il protesta. Il était à même de conduire.

— J'ai à te parler, répliqua Josy.

Entre Mountain View et Palo Alto, dans la voiture de Josy

Dimanche 3 août

— Durant ma dernière semaine à Lausanne, j'ai fait l'amour avec toi et avec Paolo. Un mois plus tard, je découvrais la vérité sur Paolo. Et quelques jours plus tard, j'apprenais que j'étais enceinte. Il se pouvait que je le sois de lui comme de toi, je le lui ai dit. Et je lui ai proposé de me rejoindre. Nous avions la possibilité de nous reconstruire autour de cet enfant. Je pense qu'il aurait refusé ma proposition si, à défaut d'être le sien, l'enfant risquait d'être celui de n'importe qui d'autre au monde. Sauf de toi. Aujourd'hui encore, je reste convaincue que la possibilité d'élever un enfant qui serait de toi lui est venue comme un cadeau du ciel. Paolo t'a aimé au-delà des mots. Sans doute y avait-il dans cet amour une part de repentir. Mais elle comptait pour peu. Je me souviens de notre premier échange à ton sujet. C'était chez lui, à la Grand Rue. Il m'avait dit : Il y a un nouveau à l'école, un Italien. Je crois que c'est le garçon le plus merveilleux que j'aie croisé. Il est intelligent, il est beau, il est sensible. Il a tout. Je me souviens n'avoir pas fait grand cas de ses mots, tant ils me paraissaient excessifs. Du reste, lorsque tu es venu pour la première fois à mon studio de la place Saint-François, je t'ai demandé si tu étais grec... Ton profil... Au cours de ces quelques mois qui ont bouleversé nos vies, son affection et son admiration pour toi n'ont cessé de croître. Chaque fois qu'il me racontait la répétition du mercredi, il jubilait. Il m'avait aussi décrit avec émotion la scène des glaces, quand tu avais distribué des *Coppa del Babbo* à ceux de ta table, et Petros s'était senti tout crétin. Oui, je crois qu'il t'a aimé plus que moi. J'entends : plus qu'il ne m'a jamais aimée. Sans doute que moi-même je ne pourrais jamais t'aimer autant qu'il l'a fait. Quand l'enfant est né, il était blond, et je me souviens de l'émotion de Paolo, la première fois qu'il l'a pris dans ses bras. À cet instant, on ne pouvait pas affirmer qu'il était de toi, mais enfin tout le laissa penser. Vers trois ans (elle sourit), c'était Renato miniature. Tu n'as pas eu le temps de beaucoup l'observer. Regarde-le de profil, il a exactement ton arête de nez, cette manière qu'a ton front de se prolonger en elle.

Arrivés à Ricky's House, elle gara la voiture et coupa le moteur :

— Que vas-tu faire ?

Il ne le savait pas.

Elle l'invita à dîner chez eux le lendemain :

— Paolo viendra te chercher vers sept heures.

Il voulut savoir comment ils l'avaient appelé.

— Valentino. C'était le choix de Paolo. Tout le monde l'appelle Tino.

*

FAX

De : Renato
À : Rosa

Ma Rosa,

Tu ne peux pas savoir dans quel état de joie, de culpabilité, et de désarroi je me trouve.

Tu sais pourquoi j'ai choisi de venir en Californie. Je suis arrivé il y a vingt-quatre heures avec comme seul repère un numéro de téléphone, ne sachant pas si j'allais revoir Josy, et peut-être Paolo. Voilà que je les trouve l'un et l'autre, accompagnés d'un enfant de sept ans, qui me ressemble comme un jumeau. C'est mon fils, Rosa. Mon fils. Je suis père d'un garçon de sept ans et je ne sais pas quoi faire.

Écris-moi, même si tu n'aimes pas le faire.

Ton Tinett

Au Ricky's House

Lundi 4 août

Au petit bruit de l'enveloppe glissée sous la porte de sa chambre, Renato bondit de son lit. C'était le message qu'il espérait.

FAX

De : Rosa
À : Renato

Mon trésor.
Pardonne mon retard à te répondre, il a fallu que j'attende l'arrivée d'Antonio pour qu'il t'écrive et fasse fonctionner la machine à fax.
Mon émotion et mon angoisse ne sont pas moins fortes que les tiennes. Pouvais-je imaginer que le Ciel te ferait un plus beau cadeau ?

Tu me demandes de t'aider. L'enfant est-il heureux ? Je pense que oui, sinon tu me l'aurais dit. Sans doute que Josy et Paolo s'en occupent avec tendresse. Sans doute, aussi, qu'ils estiment juste que tu t'approches d'eux, c'est-à-dire de l'enfant. Sinon, ils n'auraient pas donné suite à ton appel.

Que te dire, mon Tinett ? Écoute ton cœur.

Antonio se joint à moi et nous t'embrassons tous deux avec toute notre affection.

Ta Rosa

P.-S. Je te laisse le soin d'annoncer la nouvelle à ta mère.

Il resta lontemps sur son lit, inerte.

Il repensa soudain à son cours. La perspective de se retrouver en classe lui sembla ridicule. À neuf heures, il appela la Business School, dit qu'il devait retourner en Italie et se désinscrit.

Il était père. Père. D'un grand enfant. Sept ans... L'âge qu'il avait à la mort de son propre père. Il se répéta le mot. Père, père, père. Père d'un fils qui lui tombait du ciel, de la manière aussi terrifiante que son père lui avait été enlevé au même âge.

Vers midi, il eut envie de quitter l'hôtel, se souvint qu'il avait laissé sa voiture à Mariposa et décida de passer la journée dans sa chambre.

*

À six heures du soir, il s'installa au bar, et à sept heures exactement, il aperçut Paolo. Dès qu'il se leva, celui-ci remarqua sa présence et s'approcha. Ils se regardèrent en silence durant quelques secondes, jusqu'à ce que, d'un geste, Renato lui propose de prendre place.

Le barman vint prendre leur commande et ils attendirent en silence qu'il les serve. Chacun saisit son verre, mais ils ne trinquèrent pas. Renato s'essuya la bouche du revers de la main :

— J'avais écrit une autre lettre.

Paolo hocha la tête deux trois fois, les yeux baissés.

— Je voudrais vous la remettre, ajouta Renato.

Il sortit un portefeuille de sa veste, en extirpa un feuillet et le tendit.

Paolo n'avait pas ses lunettes et demanda à Renato de lui lire sa lettre.

— Cher Professeur Mantegazza,

En allant à Trente, je voulais vous faire une surprise : revenir à Lutry avec une analyse de votre thèse. J'avais acheté *Masse et Puissance*. Et puis tout s'est écroulé.

À propos de la liste que vous évoquez :

1)) Je n'en ai jamais entendu parler.

2)) Je ne sais donc pas de quoi il s'agit.

3)) Je ne veux pas le savoir.

Serrez-moi dans vos bras,
Renato

Paolo quitta la table et revint deux minutes plus tard, sans dire un mot.

— Concernant les chiffres un, deux, trois… Ils sont suivis d'une double parenthèse. C'était votre habitude, au tableau, si vous vous souvenez.

Paolo hocha lentement la tête.

— À la terrasse du Beau-Rivage, j'avais établi une petite liste avec la double parenthèse, reprit Renato.

— Tu devrais me dire tu.

Un souvenir revint à Renato. Le jour où son père avait été enlevé, ils avaient passé une partie de la journée à l'usine, où il avait remarqué que plusieurs ouvriers tutoyaient son père. À son retour, il avait interrogé Rosa : quand fallait-il dire tu ou vous ? Quand on aime, on se tutoie, lui avait répondu Rosa.

Il fut sur le point de raconter l'épisode à Paolo, de lui demander s'il en allait ainsi entre eux désormais. Puis il se retint. Dire que des ouvriers tutoyaient son père, c'était replonger dans le passé. À nouveau, il lui tendit la lettre. Cette fois-ci, Paolo la saisit, la replia et la mit dans la poche intérieure de sa veste.

Puis il se leva :

— Tino nous attend.

Durant les quelques minutes que dura le trajet, ils n'échangèrent pas un mot.

Devant le 660 Mariposa, Paolo arrêta le moteur et se tourna vers Renato :

— Le petit veut t'amener chez Baskin and Robbins. C'est sur El Camino, tout près d'ici.

— Je connais la chaîne, dit Renato. Trente et un arômes, plus vanille-fraise-chocolat. Nous irons ensemble.

— Je préfère que vous y alliez seuls. Vous avez des choses à vous dire.

Lorsqu'ils quittèrent la voiture, alors qu'ils se dirigeaient vers l'immeuble, Paolo entoura de son bras les épaules de Renato et ils parcoururent ainsi une vingtaine de mètres.

Arrivés à la porte d'entrée, il s'arrêta :

— Tout ça est douloureux. Mais enfin... Toi et moi avons grandi sans père. Cet enfant en aura deux.

Il tira vers lui la porte d'entrée, et, d'un geste du bras, invita Renato à passer devant.

Chez Baskin-Robbins,
1249 West El Camino,
Mountain View, Californie

Mardi 5 août

Ils avaient trouvé une table en terrasse.

À peine installés, Tino s'était mis à déguster avec son sérieux habituel les trois boules de glace qu'il avait choisies.

Renato l'avait suivi dans ses choix : *Fudge Brownie*, *Maple Walnut* et *Peanut Butter and Chocolate*. Après quelques bouchées de chacun des arômes, Tino avait levé les yeux sur son père :

— Tu ne portes pas de contours d'oreille ?

— J'en ai porté très longtemps. Maintenant j'ai de toutes petites prothèses.

Il extirpa de son oreille un appareil minuscule :

— Regarde.

L'enfant observa l'appareil en silence, l'air très sérieux.

Il replaça la prothèse au creux de son oreille.

L'enfant ne le quitta pas des yeux :

— C’est vrai que là où tu habites, tu as beaucoup de travail ?

— Beaucoup, répondit Renato.

— Alors tu ne reviendras plus, si tu as beaucoup de travail ?

— Bien sûr que si. Et toi aussi, tu viendras me voir, n’est-ce pas ?

L’enfant ne répondit pas, continua de l’observer avec curiosité durant quelques instants et retourna à ses boules de glace. Il passait d’un arôme à l’autre, goûtait une cuillerée de chacun, puis recommençait. Durant une ou deux minutes, Renato resta tout entier à son plaisir de le voir déguster les trois arômes comme s’il s’agissait de la chose la plus importante du monde.

— Lequel des trois arômes est ton préféré ?

Il les aimait tous les trois, mais aussi beaucoup d’autres :

— Le *Peppermint Fudge*, le *Mint Chocolate Chips*, le *Oreo Cookies*, le *Very Berry Strawberry*, le *Black Walnut*, le *Chocolate Almond*, le…

— D’accord, d’accord, l’interrompit Renato en riant, tu les aimes tous. En tout cas, tu les connais tous…

— Il y en a que je ne connais pas, dit l’enfant.

Durant de longues secondes, ils restèrent silencieux, les yeux dans les yeux.

Il lui caressa les cheveux. Mon Dieu ce qu’il lui ressemblait.

— Mais de ces trois arômes, reprit Renato, il doit bien y en avoir un que tu préfères.

L'enfant goûta et commenta tour à tour à chacun des arômes.

— Le *Fudge Brownie* est très bon. Le *Peanut Butter and Chocolate* est très très bon. Et le *Maple Walnut* est très très très bon.

Renato reprit une cuillerée de *Maple Walnut*, ferma les yeux et garda la glace longtemps en bouche :

— Qu'est-ce que tu sens, quand tu la manges ?

À son tour, l'enfant reprit une cuillerée de *Maple Walnut* et la garda en bouche longtemps :

— Du sirop d'érable… Des morceaux de noix…

— Et ?

L'enfant reprit une cuillerée :

— Autre chose…

Renato hocha la tête.

— Quelque chose qui me rappelle une autre glace.

— Essaie de trouver.

L'enfant remit une cuillerée en bouche, ferma les yeux et, durant une dizaine de secondes, se concentra :

— Je ne sais pas.

Renato lui caressa à nouveau les cheveux :

— Une pointe de parfum vanille.

Le visage de l'enfant s'éclaira.

Table

Vérone
Juillet-septembre 1978

Un mois plus tard

Onze ans plus tard

Décembre 1989

Janvier-février 1990

DU MÊME AUTEUR *(suite)*

La Confrérie des moines volants, roman, Grasset, 2013 ; Points Seuil, 2014.

Juliette dans son bain, roman, Grasset, 2015 ; Points Seuil, 2016.

L'enfant qui mesurait le monde, roman (prix Méditerranée, Prix des lecteurs Points Seuil, Prix des Littératures européennes de Cognac), Grasset, 2016 ; Points Seuil, 2017.

Dictionnaire amoureux de la Suisse, Plon, 2017.

Mon père sur mes épaules, Grasset, 2017 ; Points Seuil, 2018.

Carnaval noir, roman, Grasset, 2018 ; Points Seuil, 2019.

Dictionnaire amoureux de l'esprit français, Plon-Grasset, 2019.

Rachel et les siens, roman, Grasset, 2020.

L'homme qui peignait les âmes, roman, Grasset, 2021.

Le Onzième Commandement. Quand obéir, c'est trahir, Cerf, Coll. Placards & Libelles, 2021.

Dictionnaire amoureux d'Istanbul, Plon-Grasset, 2021.

Cet ouvrage a été imprimé
par CPI Brodard & Taupin
pour le compte des éditions Grasset
à La Flèche (Sarthe)
en avril 2022

Mise en pages Nord Compo à Villeneuve-d'Ascq

PAPIER À BASE DE FIBRES CERTIFIÉES

Grasset s'engage pour l'environnement en réduisant l'empreinte carbone de ses livres. Celle de cet exemplaire est de : 600 g éq. CO_2
Rendez-vous sur www.grasset-durable.fr

N° d'édition : 22445 – N° d'impression : 3047939
Dépôt légal : mai 2022
Imprimé en France